應用叢書

增訂二版

修辭散步

【張春榮　著】

東大圖書公司

國家圖書館出版品預行編目資料

修辭散步／張春榮著.－－增訂二版二刷.－－臺北市：東大，2009
面；　公分.－－(應用叢書)

ISBN 978-957-19-2848-7　(平裝)

1.中國語言－修辭

802.7　　95016971

© 修辭散步

著作人　張春榮
責任編輯　吳仁昌
美術設計　郭雅萍

發行人　劉仲文
著作財產權人　東大圖書股份有限公司
發行所　東大圖書股份有限公司
地址　臺北市復興北路386號
電話　(02)25006600
郵撥帳號　0107175-0
門市部　(復北店)臺北市復興北路386號
(重南店)臺北市重慶南路一段61號

出版日期　初版一刷　1991年9月
增訂二版一刷　2006年9月
增訂二版二刷　2009年10月
編號　E 800760
行政院新聞局登記證局版臺業字第〇一九七號

ISBN 978-957-19-2848-7　(平裝)
http://www.sanmin.com.tw　三民網路書店

增訂版序

《修辭散步》是我修辭學研究的第一本著作，迄今已歷十五載。「卻顧所來徑，蒼蒼橫翠微。」如今登高望遠，攬勝挹翠，回首修辭步道，迤邐蜿蜒，自有景深的層次，縱深的拓植，可說者有三：

第一、修辭材料的豐贍

在材料的探索上，始於書面語，次於口語（俗語、諺語、歇後語、順口溜）；始於讀寫的意義性，及於聽說、吟唱的音樂性（演講、相聲、流行歌曲）；始於文學作品（詩、散文、小說、戲劇）的閱讀，擴至電影、廣告（影像、鏡頭、臺詞）的賞析，在在聚焦修辭材料的多元化與多樣化，讓修辭脫下「望之儼然」的面紗，呈現「即之也溫」、「聽其言也有味」的言笑晏晏，與生活接軌，與當下文化環境合拍共振，同氣連枝，彰顯文本媒介的豐富性。

第二、修辭觀念的遞進

在觀念的辨析上，立足文法，胸懷修辭。奠基語法的抽象思維，放眼修辭的形象思維，正是嚴謹與生動的連線，正確性與創造性的接軌。至於修辭本身的層級，第一工具性，注重表情達意的技術；第二藝術性，發揮表情達意的語言藝術；第三文化性，映射表情達意的認知，及認知背後的人文素養。似此層級架構，亦為現今中西修辭學界的共識。換言之，亦即由語言經驗，至審美經驗，再至文化經驗，自成「技進於藝」、「藝進於道」的進境。就語言文字的探索而言，無非文法與文心的雙修，文心與道心的美善，在「修辭技巧」、「修辭詩學」、「修辭哲學」的交會中，綻放「一語動人心」、「一語見人性」的奕奕光輝，開拓生命境界的探索。

第三、修辭範圍的擴大

在範圍的釐清上，修辭以「辭格」為重心，向外延伸至「非辭格」；由「描寫」衍生至「敘述」，由「字句修辭」（亦稱「鍊字」、「鍊句」）條貫而上，打通任督二脈，提升至「篇章修辭」（亦稱「章法」、「結構」）。亦即由狹義修辭（亦稱「傳統修辭」），擴至廣義修辭（亦稱「大修辭」）；取精用宏，既重修辭理論的系統，更重修辭實用的有效性，強化語文的表達力與創造力。在修辭「藝術性」的研究上，除注重「意義性」、「音樂性」的考察外，並兼及「繪畫性」的觀照；讓修辭的向度更為完備。既掌握「情文」、「聲文」的歷時性，更掌握「形文」的共時性。於是，自「表意方法的調整」觀之，由「字句修辭」出發，邁向「篇章修辭」；自「優美形式的設計」觀之，可包括修辭的「音樂性」、「繪畫性」，講究「形、音、義」的整體效果。

綜上所述，雖云：「日月逝於上，體貌衰於下。」然「生命之樹長青，修辭之心恆美。」盼能猛志精進，結合我指導的研究生，在修辭理論與修辭實務上，奮發不已，日臻佳境。又東大圖書公司編輯的抉微提議、語教所研究生陳麗雲的支援校對，兩不言謝，相互成全。

九十五年六月誌於臺北教育大學語教系

自序

「修辭」係古往今來文字音義的藝術呈現，而「散步」則是流連文苑林壑，尋幽訪勝的一曲之見。

基於教學所及，本書舉證以較常見創作技巧為主。如「虛實」，即自語言階梯之具體與抽象著眼，與張夢機師所謂「擬虛為實」（《鷗波詩話・「疏雨濕愁」與「大瓢貯月」》）、黃慶萱師論「轉化」中之「形象化——擬虛為實」（《修辭學》）大抵相通。其次「描繪」，係改變敘述觀點，化被動為主動，自對面寫來；以擬人構句，活潑文思。「博喻」一節，旨在強調想像取譬之種種可能，呈顯繽紛釀采之美。「析詞」之提出，則在打破某些語詞固定結構，分而析之，突顯字義，刷新讀者感受，與一般修辭書所列之「析字」（以析分字形為主）不同。「轉品」、「夸飾」、「借代」三者，釋義均沿承前賢範疇，唯分析援例多引現代詩文，以新耳目，以添其趣。而「頂真」、「重出」、「疊字」（一般將「重出」、「疊字」合併成「類疊」）、「回文」，皆屬音節形式上的設計；自古至今，無不司空見慣。於此特注重其類型變化及結合其他技巧之綜合面貌。然有關「頂真」、「回文」之分類，沈謙師《修辭學》已條分縷析（頂真中列「句中頂真」，回文中分「嚴式」、「寬式」），驪珠先探。至若「鎔成」，則探究古典與現代詩文的承遞變化，包括修辭格中的「仿擬」、「引用」（陳望道《修辭學發凡》）。

回顧撰寫過程，往返於紅樓、誠園、淡水，市塵雲煙，燈火遙映，匆匆二載。《明道文藝》陳憲仁社長慨予「修辭典範」專欄（自七十八年九月起），遂能將一二心得，化為短文；其助緣之功，銘感五內。如今踵事增華，再加修補，東大圖書公司樂於出版，而吾妻藹珠與鉅川吾兄之幫忙校稿，唯中心懷之。

八十年六月誌於北師四〇八研究室

修辭散步

目次

■增訂版序
■自序
■剪不斷，理還亂，是離愁——虛實 1
■苔痕上階綠，草色入簾青——描繪 29
■如怨如慕，如泣如訴——博喻 51
■憂能傷人——析詞 66
■紅了櫻桃，綠了芭蕉——轉品 82
■桃花潭水深千尺——夸飾 95
■過盡千帆皆不是——借代 111
■庭院深深深幾許——頂真 125

148 ■不盡長江滾滾來——疊字

166 ■自歌自舞自開懷——類字

197 ■信言不美，美言不信——回文

213 ■念天地之悠悠——音節

220 ■在古典的原野，放現代的風箏——鎔成

235 ■才下眉頭，卻上心頭——情景相對

244 ■大漠孤烟直——常字見巧

251 ■野渡無人舟自橫——反身性

260 ■不知東方之既白——否定句

266 ■載不動許多愁——鍊字(一)

274 ■驚濤裂岸，捲起千堆雪——鍊字(二)

剪不斷，理還亂，是離愁

——虛 實

壹

李煜〈相見歡〉：

無言獨上西樓，月如鉤，寂寞梧桐深院鎖清秋。　剪不斷，理還亂，是離愁，別是一般滋味在心頭。

以白描手法，敘述內心的悲涼。尤其下闋四句，道盡傷心人的纏綿心緒，最能喚起讀者的共鳴❶。仔細揣摩下闋四句，其中優點有二：第一，先描述狀況、特性（「剪不斷，理還亂」），逗起閱讀心理的期待，接著才點出原因、真象（「是離愁」），達到恍然知曉的效用。第二，藉由實際具象動作（「剪」、「理」）與虛幻抽象名詞（「離愁」）間的相涉（「不

❶ 後人每多援用，如逯耀東〈告別望月樓〉：「對這小樓，我有剪不斷理還亂的思緒。」（七十二年十一月二十三日《聯合報》副刊）等。

斷」、「還亂」)，擴大語感層次，深切傳達細微複雜的感受。而此即本文所欲探討的「虛實」運用。

貳

就語言階梯而言❷，越下層越具體，越上層越抽象；越具體則越屬實，越抽象則越屬虛。約略區別，大抵可分三類：第一類，殊相固定，能見能聞能摸能觸；在日常經驗中均為具體對象，可以加諸動作，確實完成。第二類，形象寬大、不固定，或有色、有聲、有光、有味；但由於具流動、變化等性質，因此加諸於上的動作，均無法明確付諸實現；僅能訴諸想像中的可能，語意較第一類活潑。第三類，為共相概念或內心種種意念，兩者均無法視聞嗅觸；加諸於上的動作，根本無法於現實中完成，一般常被目為不合邏輯，但能提供最廣大的想像空間，語意最為靈活亦最為抽象，往往只能推想意會。於此，第一類純屬客觀經驗，人人皆有，第二類、第三類則屬主觀感受，不一定人人皆有。而第二類和第三類的最大差異在於第二類尚可由外在接觸，有跡可尋；第三類則純

❷ 鄧海珠譯，早川《語言與人生》(一九七五，遠流)。第十章〈我們怎樣學習〉中論及語言抽象化過程，可供參考。

屬抽象，無形無色無聲無味。換言之，以佛教「六根」為例，其中的「眼、耳、鼻、舌、身」為第一、第二類，訴諸外部知覺；其中「意」為第三類，訴諸內部知覺。

由此觀之，敘事句中可依受詞性質，分成三類。以動詞「剪」為例。古典詩詞中如：

1. 春韭滿園隨意剪，臘醅半甕邀人酌。（鄭燮〈田家四時苦樂歌〉）
2. 全家都在西風裏，九月衣裳未剪裁。（黃景仁〈都門秋思〉）

其中剪「春韭」、剪裁「衣裳」均為生活經驗，其他如「剪髮」、「剪綵」、「剪紙」、「剪燭」、「剪枝」等，皆合乎邏輯，指涉對象明確，屬第一類。至於：

1. 焉得并州快翦刀，翦取吳淞半江水。（杜甫〈戲題王宰畫山水歌〉）
2. 詩情也似并刀剪，剪得秋光入卷來。（陸游〈秋思〉）

「翦」和「剪」相通。詩中杜甫稱讚王宰山水畫照眼欲流，栩栩如生，想像眼前這一片畫中江水，該是用鋒利剪刀將吳淞的江水剪來；而陸游以剪刀為喻，盼能詩思銳利，能寫出秋日光景。似此剪「江水」、剪「秋光」，其他如「剪山色」、「剪白雲」，合乎想像，指涉對象寬泛不居，皆屬第二類❸。又：

---

❸ 李賀〈唐兒歌〉：「骨重神寒天廟器，一雙瞳人剪秋水。」以「剪秋水」形容眼睛之亮；牛嶠〈菩薩蠻〉：「愁勻紅粉淚，眉剪春山翠。」以「剪春山翠」形容兩眉之黛青，同屬此技法之運用。

1.應是天孫新與巧，剪恨裁愁句好。（辛棄疾〈清平樂〉）

2.算空有并刀，難翦離愁千縷。（姜夔〈長亭怨慢〉）

3.算人間沒箇，并刀翦斷，心上愁痕。（黃孝邁〈湘春夜月〉）

其中「恨」、「愁」、「離愁」、「愁痕」均屬內在情緒，抽象飄緲，根本無從用力，無從熨貼規範；於上多從「難剪」、「剪不斷」上致慨。其他如「剪歲月」、「剪相思」、「剪記憶」等，同歸第三類。

若夫現代文學中，以「剪」為動詞，琦君〈髻〉（《紅紗燈》）：

可是母親老了，我卻不能隨侍在她身邊，她剪去了稀疏的短髮，又何嘗剪去滿懷的愁緒呢！

文中「剪去」「短髮」即第一類（「剪去滿懷的愁緒」為第三類）。至於第二類例證較多，如：

1.在二姊的心中，依然是不經事的「小弟」，她仍舊為我排擋迎面而來的風雨，把陽光剪給我，不讓我擔一分心。（白辛《星帆．二姊》）

2.午後的陽光是一種黃澄澄的幸福，他和矗立的原始林和林中一切鳥一切蟲自由分享。如果他有那樣一把剪刀，他真想把山上的陽光剪一方帶回去，掛在他們廈門街的窗上。（余光中《聽聽那冷雨．山盟》）

3.即使夜色濃重的現在，也沒有競奏的蟲鳴，黑暗中，只聽得山腳下隱隱的濤聲，推開山窗，我剪了一片山光，一片海色，給你們寫了這些。（白辛〈寫在山光裏〉，六十四年四月十八日《中華日報》副刊）

4.雲羅張在特別潔淨的藍虛藍無上，白得特別惹眼。誰要用剪刀去剪，一定裝滿好幾籮筐。（余光中《望鄉的牧神．望鄉的牧神》）

5.斜側裏卻閃出一把利剪
把她同我的話
一齊攔腰剪斷（非馬《路．有一句話》）

其中剪「陽光」、「山光」、「海色」、「雲」、「話」，皆屬同類。其他像：

1.燕尾如剪，剪出了西樓的清淨歲月，也剪去了我心頭的些許落泥塵意。（簡媜《只緣身在此山中．燕剪西樓》）

2.在剪不斷的絲絲鄉愁，和做不完的歸鄉夢裏，我們終於決定結束在臺北流浪的歲月，在過年以前回家。（沙穗《小蝶．從那年到今年》）

3.來生我願是一隻燕子
啣泥來妳簷下築巢
若夜半急雨敲碎了好夢

我將翻飛為妳剪去許多憂傷（楊渡〈來生〉，《臺灣詩季刊》第二期）

4.適有燕子呼嘯而過
它的尾巴剪斷一切，包括
過去和現在（簡政珍〈問〉，收入《臺灣新世代詩人大系》）

其中剪「清淨歲月」、「落泥塵意」、「絲絲鄉愁」、「許多憂傷」、「過去和現在」，多屬抽象時間概念（「歲月」、「過去」、「現在」）和內心感受（「塵意」、「鄉愁」、「憂傷」），為第三類。

至於司馬中原〈古老的故事〉（見楊牧編《中國近代散文選》，洪範）：

她用一把家用的剪刀，細心的修剪墓頂的叢草，我好奇的留下來，看她從早晨工作到傍晚，彷彿她不是在剪草，而是修剪她自己的回憶……

則為「剪草」（第一類）、「修剪她自己的回憶」（第三類）的交互運用。辛鬱〈剪刀〉（《豹》）：

一把剪刀
生鐵打造
摸上去
那觸痛竟如此令人心顫

用來剪什麼都可以
就是不要用來剪
那份情意
蜜蜜甜甜
澀澀苦苦
攪和著
沉在心底

也不要用來剪
髮上的霜
眼角的淚痕
不要剪
記憶中時時幌動
那紙窗上的人影

整首新詩更由被剪的對象構思。作者以為「剪什麼」（尤指具象物）不足懼，最令人憂懼的是剪「髮上的霜」、「眼角的淚痕」（第二類），「心底」的「情意」、「記憶」中「紙窗上的人影」（第三類）；蓋這些均剪不去，甚而恐怕越剪，越令人心痛。通篇作者一再以「不要剪」重出，反透顯更深的悲哀。

參

根據以上觀念，任何動詞均能和三類受詞配合，展現虛實不同的情境。為求廣泛運用，底下再以「咀嚼」、「吞」（包括「嚥」、「吐」）、「飲」（包括「喝」）、「枕」、「拾」（包括「撿」）、「種」、「買」（包括「賣」）等動詞為例。

一、咀嚼

第一類，如：

1. 雖然那些時候，我窮苦得像個乞丐，但胸中卻總是有嚼菜根用以自勵的精神。我曾驕傲的說過自己：「我，到處可以為家。」（陳之藩《旅美小簡・失根的蘭花》）
2. 我不信，翻弄桑枝，也沒找到熟實，只有幾粒較大的青果，芒針也未收，綠得不知死活！我一時饞了，才嚼一粒，酸得眼淚都破，一嘴的唾水管也管不住！（簡媜《月娘照眠牀・桑椹紫衣》）

其中嚼「菜根」、「桑椹」，相當寫實。

第二類，如：

1. 行人又何必倉皇趕路，弄至僕僕風塵的一副狼狽模樣？再說，這本來是去渡假嘛，為什麼不就舒然地咀嚼沿途的風景？（蓬草《大西洋岸．櫻桃時節》）

2. 我們徜徉在潺湲的小河中

咀嚼祖先遺留下來的山色（楊子澗〈我們氏族的圖騰——記北港牛墟〉，七十二年十二月十四日《工商日報》春秋副刊）

其中咀嚼「風景」、「山色」，均屬視覺上的欣賞。

第三類，如：

1. 花落花開總不知，虛名嚼破無滋味。（孫周卿〈水仙子〉）

2. 京都是一年四季被大小各種節日行事佔滿的都城，於是認識了秋道太太之後，我不再有空閒獨處小樓咀嚼異鄉的寂寞了。（林文月《京都一年．我所認識的三位京都女性》）

3. 於是我不去計算頭上的白髮，也不去聽越牆而來的噪音，為什麼要犧牲本性去換取一句空洞的褒語呢？且未必是悅耳的。舐過裹在藥片外面的糖衣，能治病的卻不是糖衣，我願咀嚼痛苦。（蕭白《靈畫．五月》）

4. 而韭菜盒子僥幸還在滿街販賣。

我是去買一樣吃食嗎？抑是去找尋一截可以摸可以嚼的鄉愁？（張曉風《步下紅毯之後·飲啄篇》）

5. 人並不願意在現實中看到幻象吧？在現實裏看到了幻象，要咀嚼起這虛空的悲哀，覺得現實的不可依靠，不可把握。（蔣勳《萍水相逢·寫花如戲》）

6. 山坡上偶爾有幾隻黑白相間的花牛和綿羊，在從容咀嚼草野的空曠。（余光中《隔水呼渡·風吹西班牙》）

7. 屋外林野懸一枚月的殘缺
照映桌前你遠方的信箋平放
寄來的思念讓我獨自在雪夜咀嚼（陳嘉農〈初雪〉，七十四年一月二十三日《自立晚報副刊》）

其中咀嚼「虛名」、「寂寞」、「痛苦」、「鄉愁」、「悲哀」、「空曠」、「思念」，皆屬作者內心的獨自體會。

二、吞

第一類，范仲淹〈岳陽樓記〉：

予觀夫巴陵勝狀，在洞庭一湖，銜遠山，吞長江，浩浩湯湯，橫無際涯。

洞庭湖「吞長江」，調節長江水量，為具體事實。

第二類，江淹〈恨賦〉結尾：

自古皆有死，莫不飲恨而吞聲。

「吞聲」係指無法再出聲，猶如將聲音吞入。

第三類，如：

1. 看他把白烟吸進之後悶在嘴裏很久不吐，好像要把一生的愁苦，都要一口吞到肚子裏去的樣子。（陸蠡《陸蠡散文集‧網》）

2. 一個白髮老叟陷在漏空的涼椅內，向自己的烟斗，吞吐恍惚。（余光中《望鄉的牧神‧南太基》）

3. 誰能為他開列死亡證明書呢？他不是死於肺炎，他的肺是因吞吐整個中國的憂患而壓傷的。他不是死於心臟病，他的心為八億悲劇而負創。（張曉風《曉風散文集‧黑紗》）

4. 為了幾條麵包，一個中國人能吞嚥無限的寂寞，而不致於神經崩潰。（顏元叔《玉生煙‧神經滿枝椏》）

5. 你幼年就訓練出來的獨自默默吞嚥自己的苦惱。只因為你是無父的孩子，你比別的孩子不懂得撒野，不懂得要求同情，不懂得予取予求。（洪素麗《浮草‧冬，以及書信》）

6.所以這塊地總輪流種各種雜糧：種玉米之前種過黃豆、黑豆、敏豆、綠豆、地瓜；這些實物也曾「外銷到臺北」，我們煮食它們的心情，當然比吞嚥鄉愁來得甜美。（季季〈一九八四年三月〉）

分別以「吞」、「吞吐」、「吞嚥」為動詞，抽象的「愁苦」、「恍惚」、「憂患」、「寂寞」、「苦惱」、「鄉愁」為受詞。

至於以「吐」為動詞，如：

1.鬍子爺爺在這時啣著長烟袋走來，雙襟頭跨過由水聲裂開的兩岸，嘴裏吐一口口悠閒。（蕭白《響在心中的水聲．響在心中的水聲》）

2.有一個把車門敞開，坐在駕駛座上，孤獨而落寞的抽煙，一口接一口，好像要把內心的許多鬱結，藉著香煙，傾吐出來。（林文義《撫琴人．夜半小市集》）

3.常愛把雲
雪茄一樣啣在嘴裏
噴吐著
那種茫然（沙牧《死不透的歌．如果海水是酒》）

分別以「吐」、「傾吐」、「噴吐」為動作，「悠閒」、「鬱結」、「茫然」為受詞。若夫「嚥」，舉余光中作品為證，如：

1. 他只能獨嚥五十個世紀乘一千萬平方公里的淒涼。（《逍遙遊・四月，在古戰場》）

2. 他嚥下每一哩的緊張與寂寞，他自己一人。（《逍遙遊・四月，在古戰場》）

3. 忽然，我說是忽然，因為在你來得及準備之前，一汪最抒情的藍便向你車首捲了過來。誰能一口氣嚥下這麼開闊的靜？（《望鄉的牧神・咦呵西部》）

均以抽象的「淒涼」、「緊張與寂寞」、「靜」為受詞。凡此皆屬相同技巧。

三、飲

第一類，如李之儀〈卜算子〉：

日日思君不見君，共飲長江水。

詞中「飲長江水」屬於具象動作。其他如「飲茶」、「飲酒」、「飲冰」均是。

第二類，如蘇軾〈書林逋詩後〉：

吳儂生長湖山曲，呼吸湖光飲山綠。

「飲山綠」即視覺上的品嘗青山綠意。明朝浦祊君〈遊明聖湖日記〉：

與二三兄弟步至昭慶寺，臨湖酒樓，群飲於上。巨觥滿酌，山色湖光，盡浮酒面，諦視良久，一吸而盡，鼓腹大笑曰：「全湖景色，在吾腹中，今而後，安得謂之空洞無物哉！」兄弟為之絕倒。

似此「山色湖光，盡浮酒面，諦視良久，一吸而盡」，即今所謂「飲盡湖光山色」。又蕭白〈六月〉（《靈畫》）：

驟然想到夾竹桃的馨香如酒，於是醉落了一地胭脂。那天，我將去品飲一杯由六月的氤氳釀出的山水與潭影的綠。

荊棘〈網〉（《荊棘裏的南瓜》）：

她突然興起，仰首閉目，狂飲陽光。

以「品飲」、「狂飲」為動詞，「山水」、「潭影的綠」、「陽光」為受詞。而連水淼〈圓覺瀑布〉（《創世紀》第五十六期）：

喝著春茶的我
舉手又是一杯山色

以「一杯山色」為喝的內容，構思完全雷同。

第三類，如：

1.請不要誤會我，星子城中的日子，並非日日以浪漫為食，以瀟灑為飲。（余珊珊〈擁抱〉，收入《沉默的母親》）

2.用中國心情來研咖啡、喝咖啡，也許是西學為體、中學為用吧？他自嘲地想。電磨可以增高效率，卻會喪失研咖啡的情趣。細細研磨然後品嚐咖啡，也是享受啜飲這一份

難得的悠閒啊！（劉安諾《一杯半咖啡・一杯半咖啡》）

3. 就這麼淡淡啜飲伊的心事

且佐以唐人小說（馮青《天河的水聲・雨後就這麼想》）

以抽象「瀟灑」、「悠閒」、「心事」分別承接「飲」、「啜飲」動作。

至於「喝」，林清玄〈雪梨的滋味〉（《鴛鴦香爐》）：

雪梨汁的顏色是透明的，溫涼如玉，清香不絕如縷，到現在我還無法用文字形容那樣的滋味；因為在那透明的汁液裏，我們總喝到了似斷未斷的鄉愁。

由「喝」帶出「鄉愁」情懷，亦為此類。

四、枕

第一類，如《論語・述而》：「曲肱而枕之」、沈既濟〈枕中記〉：「子枕吾枕」，均以具象的臂肱、枕頭為憑藉。其他用語「枕戈待旦」、「枕經藉書」、「枕石而眠」，同屬此類。

第二類，如：

1. 或許，天濤與海岸邊她枕暮色睡下，見海水在白晝化為雲霞，雲霞於黑夜又回到海洋，她想，一方與十方何異？（簡媜《只緣身在此山中・人在行雲裏》）

2. 劃一根火柴，點一把篝火，背偎依著背，圍坐在小舟旁。飲一小盅的五加皮吧！枕著今晚的夜色，再去重溫步履踉蹌的宇宙之旅。（冷雲〈划向那盞燈〉，見黃勁連編《中國當代散文大展》）

3. 其實，一間泥土色的民宅，是比一切廟宇更其廟宇的，生於斯，長於斯，枕著濤聲，抱著海風的一間小屋……（張曉風《步下紅毯之後・好艷麗的一片土》）

4. 仰飲星光，禁不住發為醉語了，耳枕蟲鳴，難以入寐，便捻燈而起，草草錄下，那是「故國民艱非一夢，忍看血淚盡胡塵？」（司馬中原《雲上的聲音・星圖》）

5. 陽光躺在陽台上，花貓枕著花香（羅葉〈住宅〉，七十三年三月十四日《自立晚報》副刊）

分別以視覺的「暮色」、「夜色」，聽覺的「濤聲」、「蟲鳴」，嗅覺的「花香」為受詞，製造寬泛語意。

第三類，如：

1. 一枕離愁頭徹尾，如何消遣是！（辛棄疾〈謁金門〉）

2. 物質的實利主義給現代生活墊上青苔那麼舒服的綠褥，可是枕在這一床柔波上的夢，到底該是繽紛激光的幻象還是蒼翠田園的倒影，卻正是現代人無從自釋的困惑。（董橋《這一代的事・聽那立體的鄉愁》）

3. 我枕著寥落的憂傷思維

想像子夜我猶站在灞水橋頭
我向黑暗道別，折柳示意（楊牧《有人・行路難》）

則以抽象的「離愁」、「夢」、「憂傷思維」為受詞，導入抒情。

五、拾

第一類，如一般用語「拾金」、「拾穗」、「拾荒」即是。

第二類，如：

1. 一月，被雨鎖住，我拾一地的淅瀝，一山的淅瀝，和林裏林外的淅瀝。（蕭白《靈畫・一月》）

2. 吹著一些風，白楊遠遠地搖著迎接的臂
你來了，來拾取溪澗的花影，墓地的哭聲？（洛夫《眾荷喧嘩・踏青》）

以視覺的「花影」，聽覺的「淅瀝」、「哭聲」為受詞，用語靈活。而以「撿」為動詞，林綠〈影子〉：

我撿起一片夕照
緩緩逼向蒼茫
流水已繞至我背後的方向

以視覺的「一片夕照」為受詞，即屬此類。

第三類，如：

1. 春光已老去。據說，每一年的夏日總像烟雲一般消失。那麼，在秋風蕭瑟中，有誰會拾起我拋在山谷的夢？（蔣芸〈遲鴿小築〉，見《中國現代文學大系》，巨人）

2. 而我，我吝於施捨微笑。

（哼，她多像還在做夢的十七歲）

我俯身拾起散落在人世的憐憫

手扶知識的冰冷鏡框（陳克華《星球紀事・列女傳》）

以「夢」、「憐憫」的抽象意念承接「拾」的動作。而以「撿」為動詞，如：

1. 天氣這樣好，實在沒有道理守在這個房子裏，但是，我自己竟然在安排十分緊湊的節目當中，意外地撿到這一整個下午的空白。（林文義《遙遠・遙遠》）

2. 這時順手拔了蔗田裏的甘蔗，用河床的沙洗擦一淨，孤坐在一截朽木上，邊嚐甘蔗邊望月亮，竟然坐到了天亮，那一陣的快樂，便是環遊世界一圈，恐怕也撿不回來了。

（亮軒《細品痴中味・何處不浮生？》）

分別以「下午的空白」、「快樂」承接。至於「撿」、「拾」合用，如：

1. 許久沒有再去動物園了。童年時代被遺忘在那裏，那是無法再撿拾回來的。每個人都

有童年，只是擁有的不盡相同而已。（羅英《盒裝的心情．珍藏的夢》）

2.或許當年正是愛上城樓的年紀，往往載著滿懷西風，躑躅城頭，或許想在那荒煙蔓草中，撿拾些歷史的悲愁，來排遣無謂的青澀煩憂。（逯耀東〈姑蘇城內〉，七十七年九月廿二日《聯合報》副刊）

分別以「童年時代」、「歷史的悲愁」承接，同屬此類。

六、種

第一類，一般用語如「種樹」、「種瓜」、「種玫瑰」等。楊牧〈歸航之二〉（《柏克萊精神》）：

可是臺北什麼都不種，祇種高樓大廈，卻熱得這個樣子，確實沒什麼道理。

陳寧貴〈歸鄉〉（見林文義編《感人的散文》）：

我急忙回家問母親。

「那裏將蓋一棟四層的大樓房。」母親說。

過了兩天，空地上種下了許多鋼筋水泥，……

其中「種高樓大廈」、「種下了許多鋼筋水泥」均為具體經驗的轉化。

第二類，如：

1. 而我總是耕耘著那片荒蕪的心田，種一掬秋色。（羊令野〈四絕賦〉，見黃勁連編《中國當代散文大展》）

2. 在園裏種百合
在心裏種下一首歌（席慕蓉《無怨的青春・習題》）

分別以視覺「一掬秋色」、聽覺「一首歌」承接。

而第三類，如：

1. 種木不種德，聚散如飛禽。（蘇軾〈滕縣時同年西園〉）

2. 肥水東流無盡期，當初不合種相思。（姜夔〈鷓鴣天〉）

3. 那一群人為時光留下，有的將上藝術史，有的已自殺殉畫，有的在異國無顏色的天空，種植不服水土的夢。（張菱舲〈聽，那寂靜〉，見《中國現代文學大系》，巨人）

4. 過些日子，有兩枝蕹菜梗冒出新芽了，周末先生回來，告訴他這個「喜訊」。他說：「你不如種花，花比較好看。」
「你有所不知。我是在種我的鄉愁啊！」（白慈飄《騎過韶光・鄉情》）

其中「德」、「相思」、「夢」、「鄉愁」，皆屬抽象概念或內心情緒。

七、買

第一類，如一般用語「買櫝還珠」、「買金飾」、「買駿馬」等。

第二類，如林清玄〈四隨〉（《鳳眼菩提》）：

買玉蘭花時，我不是在買那些清新怡人的花香，而是買那生活裏辛酸苦痛的氣息。

其中嗅覺的「花香」即是（「生活裏辛酸苦痛的氣息」屬第三類）。

第三類，李白〈送裴十八圖南歸嵩山二首之二〉：

歸時莫洗耳，為我洗其心。洗心得真情，洗耳徒買名。

藉由「洗耳」與「洗心」的對照襯托，強調「買名」之徒勞無功。

林清玄〈重瓣水仙〉（《鳳眼菩提》）：

有時候，我們買東西也只是買一點情意，買一點人間的溫暖。

又洛夫〈非政治性的圖騰〉（七十八年九月二十六、二十七日《聯合報》副刊）：

我們已來到了紀念館的大門
年輕的收票員指著
那個簡化了四十年的「孫」字說：
這是無害的
非政治性的圖騰
人民幣更是百無禁忌

便這樣，五毛錢
買了半個下午的蒼茫

其中「一點情意」、「一點人間的溫暖」、「下午的蒼茫」，均為抽象受詞。

至於與「買」相反的「賣」、「售」，錢歌川〈女為悅己者容〉（《錢歌川散文集》）：

一家化妝品公司在廣告文中說：「化妝品並不能改變你的生活。你用化妝品只能使你看來更像你自己，更好看些罷了。」又有人說，他們賣給婦女們的就是希望。

羊子喬〈冬至〉（七十一年《臺灣時報》副刊）：

那個流浪漢以愈來愈瘦長的影子
在沒有盡頭的街上拋售寂寞

其中「希望」、「寂寞」均為抽象受詞，同屬此類。

肆

通過以上類型對照，可明顯看出第二、三類的構句較為靈活變化，第一類則徵實難巧。尤其在以及物動詞展開的敘述句上，二、三兩類翻空出奇，擴大語意的幅度，往往予人驚喜、意外的效果。

大抵第二類多描寫敘述，第三類多抒懷寄慨。今以「抓」、「埋」動詞構築的情境相較：

一、抓

第二類：

下山
仍不見雨
三粒苦松子
沿著路標一直滾到我的腳前
伸手抓起
竟是一把鳥聲（洛夫《魔歌・隨雨聲入山而不見雨》）

第三類：

這世上最值錢的東西，不是知識和勞力，而是抓不住的青春。青春像一座森林，有一種原始的力量，當你「有柴」出賣，而又懂得怎樣去推銷時，你擁有的原始資源是無法估計的。（袁則難《凡夫俗子・還債的傳奇》）

二、埋

第二類：

風過林梢
月亮升起如一首輓歌
眾葉索索
向遊客宣讀一封訣別書之後
紛紛蝶飛而降
且堆成一塚
埋下了
夏日最後的蟬鳴（洛夫《釀酒的石頭・月亮升起如一首輓歌》）

第三類：

古老的偉大的絲路，在風沙掩埋中，摻著旅人的枯骨、渴水的乾沙，「不見長安見塵霧」的蜃樓海市中埋藏它的寂寞了。（洪素麗《浮草・浮草》）

第一組中第二類「伸手抓起／竟是一把鳥聲」，以意外逗趣，若云「伸手抓起／竟是一把鳥蛋」，則沾滯無味；第二組中第二類「埋下了／夏日最後的蟬鳴」，以寫景逗出時間流逝的恍惚情境。至於第一組中第三類「抓不住的青春」，以「抓不住」呈現青春的特質；反觀第二組中第三類「埋藏它的寂寞」，則以「寂寞」勾勒絲路在歷史風沙中被遺忘的主觀感受。

其次，就虛實觀念檢視敘述句（主語＋述語＋賓語），當主語（主詞）為具象，賓語（受詞）為抽象，經由述語（動詞）銜接，最能產生由實入虛的關係。此第三類的文法結構，現代詩文運用得相當普遍，因此任何抽象受詞均可和不同動詞配合，形成微妙的抒情與寓意。以「鄉愁」而言：

1. 孤燈燃客夢，寒杵搗鄉愁。（岑參〈宿關西客舍寄東山嚴許二山人時天寶初七月初三日在內學見有高道舉徵〉）

2. 宋朝的陽光，古老一如夢中，汴京，遙遠有如太古。唯清明時節的麥青，卻染綠無數畫家的鄉愁。（張曉風《愁鄉石．雨之調》）

3. 總之這頓下午茶是攪一杯往事、切一塊鄉愁、榨幾滴希望的下午。（董橋《跟中國的夢賽跑．中年是下午茶》）

4. 夔州一家賣醉兼賣鄉愁的酒樓上（洛夫《月光房子．邊陲人的獨白》）

分別以「搗」、「染」、「切」、「賣」展開。以「寂寞」而言：

1. 就這樣踱著，也許踱掉了你的午後，依然踱不掉你的寂寞，還是坐下來吧。（許達然〈午後，午後，午後〉，收入瘂弦編《風格之誕生》）

2. 那朵花垂擺的姿勢多年後仍在記憶中輕搖，搖落我的寂寞，搖落我孤行的悽涼，現在小路已經沉默，我的追憶也同樣悄無聲息，只有蕃紅花依舊在早晨喜悅的搖響。（李男〈旅人之歌〉，七十四年五月二十八日《聯合報》副刊）

3. 不過，寂寞時分人人會有，有的人寂寞起來要尋找刺激才行，有的人卻可以一針一線把寂寞縫起來——十七年之後縫成藝術館裏的一床掛毯。（喻麗清《無情不似多情苦．把寂寞縫起來》）

4. 聽見雪的聲音嗎？為什麼要把大自然的聲音聽得那麼精確？是了，只有那樣一個聲音，細碎滴答撲落，靜得就要令人陷入憂鬱。寂寞被敲響……（沈花末《關於溫柔的消息．夜間的十二月》）

分別由「踱」、「搖」、「縫」、「敲」動作構思。以「夢」而言：

1. 在這多塵土的國度裏，我僅希望聽見一點樹葉上的雨聲。一點雨聲的幽涼滴到我憔悴的夢，也許會長成一樹圓圓的綠陰來覆蔭我自己。（何其芳〈雨前〉，見楊牧編《中國近代散文選》）

2. 只是夜深的時候，我恍惚間又會從遠處傳來的老歌旋律裏聽到雨聲，那一陣陣熟悉的夜雨往往淋濕了我的夢，使我迫不及待的打起傘來，又匆匆忙忙的趕向去年秋天霪霪霏霏的路上……（杜十三〈小品四則〉，七十一年五月十五日《中國時報》副刊）

3.在鄉村的溫泉旅館中，有人推我，

「喂，你壓到我的夢了！」（林彧〈夢咒〉，七十七年一月二十七日《中國時報》副刊）

則自「滴」、「淋」、「壓」動作，轉接抽象的「夢」，變化文意，訴說幽情。而此類修辭，能讓文思出入於虛實，使文字空間更寬闊。唯行文在於綜合運用，若執著於第一類句法，則不免過於寫實，少靈動之姿；若沉迷於二、三類句法，則往往語意飄忽，甚而不知所指；凡此，於操翰濡墨之際，作者當應智珠在握，自加辨擇。

綜上所述，本篇中的「虛實」，聚焦於字句之間的修辭❹。就辭格而言，往往與「轉化」（亦稱「比擬」）中的「形象化——擬虛為實」❺、「拈連」（「當甲乙兩件事情並提或連續出現時，故意把只適用於甲事物的詞語，順勢也用於乙事物上」）❻中的格式（甲多

---

❹ 理論探討，可參曾祖蔭〈虛實論〉（《中國古代文藝美學範疇》，文津，一九八七）。另詩文例句，可參張春榮〈虛實觀念在修辭中的應用〉（《師範學院教育論文集》，一九九二、五、三十），劉翔文、劉永翔〈虛實〉（《文學鑑賞論》，洪葉文化，一九九五）、白靈〈意象的虛實〉（《一首詩的誕生》，九歌，一九九一）。

❺ 黃慶萱《修辭學．第十五章轉化》，頁三九三（增訂三版，二〇〇二）。

❻ 王希杰《漢語修辭學．第十章聯繫．拈連》，頁四一三（修訂本，二〇〇三）。

具體，乙多抽象）相涉，此則修辭的會通。在賞析時，可再加統整、辨析❼。

---

❼ 若將字句修辭中的「虛實」，運用至篇章修辭中，則為章法的「虛實」。可參陳滿銘《章法學綜論・章法美學》（萬卷樓，二〇〇三）、陳佳君《虛實章法析論》（文津，二〇〇二）等。所謂章法的「虛實」可包括：㈠具體與抽象類，㈡時空類，㈢真實與虛假類。

苔痕上階綠，草色入簾青

——描繪

壹

劉禹錫〈陋室銘〉第二段，描寫居住陋室的情趣：

苔痕上階綠，草色入簾青。談笑有鴻儒，往來無白丁。可以調素琴，閱金經，無絲竹之亂耳，無案牘之勞形。

其中「苔痕上階綠，草色入簾青」，生動描繪居住陋室的視覺經驗，具體傳達天地間生命律動的訊息。

「苔痕上階綠，草色入簾青」二句，寫景鮮活。其最大特點在於放棄「人」的觀點，而採取「景物」角度，自對面寫來；於是化被動為主動，刷新視覺感受。原本靜態的「苔痕」、被動的「草色」皆能自我作主，產生活動。而此等表現手法，遂成古今詩文描物寫景的通則。

貳

大凡描繪（亦稱「摹寫」）景物，以能塑造活潑動感的情境為上，於是周遭景物屬性（「草色」、「山色」、「溪聲」、「蟬聲」、「花香」等）皆能以動感方式呈現，進而改變觀點，將物（「草」、「山」、「溪」、「蟬」、「花」等）擬人化，渲染出一片形象交湧、繽紛律動的情意世界。以下自視覺所見，聽覺、嗅覺所聞，抽象意念所感三大類，分別言之。

一、視　覺

視覺經驗中與「草色入簾青」設思相似，自草的青綠加以著墨描寫，有張曉風〈常常，我想起那座山〉（《你還沒有愛過》）：

> 他話剛說完，我抬頭一望，只見活鮮鮮的青色一刷刷地刷到人眼裏來，山頭跟山頭正手拉著手，圍成一個美麗的圈子。

及〈畫中人〉（《我在》）：

> 清晨醒來，窗前青草豐軟，綠漫漫的齊眉直漲上來，漲得我不敢逼視。

均寫出草色的主動出擊，鮮明搶眼的逼入作者視線範圍。同樣的，顏元叔〈荷塘風起〉

《顏元叔散文精選》：

下午的陽光從荷葉上反彈過來，翠綠跳入眼睛。

馮青〈關不住的夜〉（《天河的水聲》）：

一定是我忘了關窗
翠色便入侵
留春在小小的書頁中氾濫

其中「翠綠跳入眼睛」、「翠色便入侵」均充滿律動感。相關顏色呈現，有「苔色」、「樹色」、「山色」、「秋色」等。「苔色」如岑參〈敬酬李判官使院〉：

草根侵柱礎，
苔色上門關。

即自「苔色」著眼，苔色成為主體，展開行動。余光中〈湘逝〉（《隔水觀音》）：

草堂無主，苔蘚侵入了屐痕
那四樹小松，客中殷勤所手栽
該已高過人頂了

自「苔蘚」凝慮，描繪征服人類足跡鞋印的態勢。「樹色」如許渾〈秋日赴闕題潼關驛樓〉：

樹色隨關迥，河聲入海流。

突顯「樹色」躍動的面目（兩句中上句寫視覺，下句寫聽覺）。「山色」如張曉風〈燈蕊就有多長〉（《步下紅毯之後》）：

研究室的一面是窗，兩面是書，半屋山色激攪著半屋書香，我奇怪自己就是沒有辦法不問天下事，我註定不能做隱者，即使身在山中。

則以「山色」展開「激攪」的律動情景。「秋色」如楊牧〈我們〉（《禁忌的遊戲》）：

然後，我聽到楓葉
一聲兩聲三聲落地
秋色在四方吶喊鼓噪

將「秋色」進而擬人化，製造出「吶喊鼓噪」的聲響情境❶。事實上，由「草色」至「草」，「山色」至「山」，「樹色」至「樹」，往往以擬人形成主動鮮活的形象。如楊牧〈南陔〉（《禁忌的遊戲》）：

一個古典學術的追求者不在乎
身外的事務，聽任綠草越長
越長，在窗外陪伴我默默讀書

❶ 余光中〈咦呵西部〉：「草色吶喊連綿的鮮碧，從此地喊到落磯山。」（《望鄉的牧神》）亦為相同技巧。

洛夫〈入山〉（《月光房子》）：

爬到最高處我駭然發現
山，竟一路瘦了上去
而峰頂的月
更遠，更
小

向明〈生活六帖〉（《水的回想》）：

癡心嚮往的
是樹與人
樹在拚命伸展仍搆不到時
會放出鳥去探詢
而你呢
人

分別將「草」、「山」、「樹」擬人化，於是「草」可以「在窗外陪伴我」，「山」會「一路瘦了上去」，「樹」能「拚命伸展」能「放出鳥」；無不由景物本身構思比擬，呈現大自然生命生生不息的總總互動交流情境。

此外，以「暮色」為例，柳宗元〈始得西山宴遊記〉：

蒼然暮色，自遠而至。至無所見，而猶不欲歸。心凝形釋，與萬化冥合。

言「暮色」自遠方逼近，勾勒出「暮色」的隱約動勢。於此若將「蒼然暮色，自遠而至」改為「當此之際，暮色蒼茫」，則流於靜態敘述，不如原作之鮮活。後來似此表現方式相當流行。如林文月〈翡冷翠在下雨〉（《遙遠》）：

步出這座小型教堂，暮色已乘細細的雨絲自四面八方圍攏來。

白辛〈仰望〉（《星帆》）：

沉沉鐘聲響碎環山蒼茫，迎風佇立校舍樓頭的時刻，我常悚然以驚，這般告訴自己。然後，然後一任暮色將胸臆間的千波萬浪重重淹沒。

余光中〈不忍開燈的緣故〉（《紫荊賦》）：

高齋臨海，讀老杜暮年的詩篇
不覺暮色正涉水而來

楊逸鴻〈當車行經嘉南平原〉（《一九八四臺灣詩選》，前衛）：

當車行經嘉南平原的黃昏
淒淒暮色不經同意
就遽然佔領我的車窗

均自「暮色」動勢（「圍攏」、「淹沒」、「涉水」、「佔領」）上造句。又暮色的同義詞「黃昏」，亦如此表達。如張秀亞〈水之湄〉（《湖水・秋燈》）：

有時我坐在潭邊，等黃昏一寸一寸的走近……

張曉風〈你要做什麼〉（《從你美麗的流域》）：

空廊上傳來撾鼓的聲音和擊掌的聲音，黃昏掩至。

陳寧貴〈紅毛城〉（《一九八三臺灣詩選》，前衛）：

那天，我和黃昏
同時到達那兒
生銹的鎖
生銹的大門
把我推入屈辱裏
黃昏卻爬牆而入

皆自「黃昏」動勢（「走近」、「掩至」、「到達」、「爬牆」）上用筆。同樣，相似詞「暝色」，如李白〈菩薩蠻〉：

暝色入高樓，有人樓上愁。

言「暝色」由外進入樓上，鏡頭由遠而近，逼出樓上含愁的主角。若將「暝色入高樓」

改成「高樓已暝色」，則動態的語感消失殆盡。陳義芝〈樹情〉（《青衫》）：

暝色隨青苔失足滑下
此後，還能傳遞些什麼消息呢

造詞造句，亦自「暝色」立場凝鑄造境，以臻新趣。又如「黑暗」，林清玄〈滿天都是小星星〉（《迷路的雲》）：

接著我們沉默起來，讓黃昏逐漸退去，黑暗慢慢的流進來。

簡媜〈陽光不到的國度〉（《水問》）：

一股冷然迅速地將附在我身上的陽光扯去，像脫去一件薄衫。墨黑色吞噬著我，不禁把雙眼閉上，眼簾的酸熱也一併冷卻。

席慕蓉〈血濃於水〉（《成長的痕跡》）：

那裏，無盡的黑暗在等待著他們，深不見底的煤礦，柔腸寸斷的鐵路，還有做不完的苦工，五千個熱血男兒就這樣斷送在西伯利亞的苦寒之下了。

渡也〈拔河比賽〉（《落地生根》）：

直到夕陽也回去
黑暗從四面八方圍剿操場
我遠遠看見

那個學生終於被沒有對手的那端
拉過去了

均自「黑暗」（包括「墨黑」）構思取擬，於是「黑暗」能「流進」、「吞噬」、「等待」、「圍剿」。至如「月色」，蘇軾〈記承天寺夜遊〉第一段中：

元豐六年十月十二夜，解衣欲睡；月色入戶，欣然起行。

亦自「月色」主動上營鑄，「月色入戶」四字簡潔生動，不免逗人心湖盪漾。「月色」化靜態為動感，形成擬人。如蘇軾〈前赤壁賦〉：

少焉，月出於東山之上，徘徊於斗牛之間。

晏殊〈蝶戀花〉：

明月不諳離恨苦，斜光到曉穿朱戶。

黃仲則〈綺懷〉：

有情皓月憐孤影，無賴閒花照獨眠。

洪素麗〈今夜〉（《十年詩草》）第三小節：

懸崖落馬處
必將有一輪斜月
冷冷為我奠祭

「月」除了有「徘徊」動作外，可以被比擬成無知懵懂（「不諳離恨苦」），或有情有義（「有情」、「奠祭」），編織出主觀色彩的情意世界。

至於「陰影」，如蕭蕭〈紅樹林的泥沼〉（《太陽神的女兒》）：

> 遠處的沙洲逐漸被填平，遠處的樓房一棟一棟大步走進。怪手在附近咆哮，長堤的陰影一直向這裏伸展。

余光中〈吐露港上〉（《記憶像鐵軌一樣長》）：

> 正如此刻，那一脈相接的青青山嵐，就投影在我遊騁的眼裏，攤開的紙上，只可惜你看不到。

洛夫〈初臨天安門廣場〉（《故國之旅詩抄》）：

> 我感到呼吸急促，熱燥不安
> 太陽的威力直逼而下
> 轉身倉皇而逃
> 卻又被背後長長的陰影
> 抓了回來

其中長堤「陰影」、山嵐「投影」，均採取主動敘述；而背後長長「陰影」則進而擬人化，展開「抓了回來」的想像情境。

二、聽覺與嗅覺

在古典作品中，由聲音主動寫來的，如前文許渾的「河聲入海流」即是。明袁宏道〈天目〉：

溪流激石作聲，徹夜到枕上。

亦由溪聲的觀點寫來，「到」字正說明此律動。及吳鳴〈山產店賣蘭花的〉（《湖邊的沉思》）：

走出山產店，天色已經黯了下來，黑色的山脈沉沉，我循來時路走向麗陽，溪流聲自四面湧來。

「溪流聲自四面湧來」則為相同的敘述手法。另如「蟬聲」，馮青〈兩湖〉（《天河的水聲》）：

蟬聲掠過水鳥的翅翼
沒入湖中

由「蟬聲」著眼，寫出蟬聲律動的路線。尤其第二行「沒入湖中」主動呈現，相當有力量。若直接寫成「消失湖中」（即一般對聲音的描述），則音義削弱。又落蒂〈聽蟬〉（《風燈》第二十八期）：

猛推窗，今夏
所有的蟬聲，一起

　　洶湧而入，煞時
　　　一片喧熱

技巧均相似。此外，以「鐘聲」經營者，如江聰平〈翠湖之旅〉（《七十一年詩選》，爾雅）：

　　負手小立
　　山寺的鐘聲還未渡水而來
　　微茫的，那是高城的燈火嗎

洛夫〈山寺晨鐘〉（《月光房子》）：

　　山寺剛做完一場荒涼的夢
　　晨鐘便以潑墨的方式
　　一路灑了過去

兩者均自山寺鐘聲主動寫來，前者比擬鐘聲有腳，可以「渡水」；後者比擬晨鐘有手，可以揮「灑」。洛夫這種寫法，並見其〈秋日偶興〉（《魔歌》）：

　　總在鐘聲輕輕推開寺門的時候

有異曲同工之妙。其他，如「簫聲」，楊牧〈繁花渡頭〉（《禁忌的遊戲》）：

　　我熄燈屏息
　　簫聲陡地拔高

驚醒滿院花木

以「簫聲」作主語（主詞），「驚醒」作另一述語（動詞），強調聲音所造成的震撼。似此技巧在簡媜〈緇衣〉（《只緣身在此山中》）：

「夜，留下，一片寂寞（啊啊啊）！」

歌聲幽怨地流過窗扉，散在大馬路上。喇叭與車輪聲是這個城市最悠久的二重奏，曾經為誕生的人鳴警蹕、為遠逝的人奏臨別依依，為曠夜裏愁眉不展的人演奏寂寞進行曲。

現在，車聲正在刺探她的心緒。

作者加以發揮，「歌聲」、「喇叭與車輪聲」、「車聲」均為主語（主詞），展開「流過」、「散」、「鳴」、「演奏」、「刺探」各種動作，交織出以聲音為主導的活動世界。

嗅覺經驗中，以「花香」最為普遍。賀鑄〈望湘人〉：

厭鶯聲到枕，花氣動簾，醉魂愁夢相半。

「花氣」即「花香」，「花氣動簾」係採取主動寫法。及張岱〈西湖七月半〉：

吾輩縱舟，酣睡於十里荷花之中，香氣拍人，清夢甚愜。

「香氣拍人」造句活潑。張曉風〈情懷〉（《步下紅毯之後》）：

可是，等車不來，等到的卻是疏籬上的金黃色的絲瓜花，花香成陣，直向人撲來。

「花香」、「向人撲」亦為相同技巧。由「花香」進而至於「花」，擬人化的傾向更為明顯。

如劉克莊〈賀新郎〉：

若對黃花孤負酒，怕黃花、也笑人岑寂。

擬花為人。現代散文如栗耘〈塵埃譜〉（《七十二年散文選》，九歌）：

你只要在屋外走一圈回來，關上門，不期然，髮上、衣上的油桐花，便先你飄落屋中，在地上端著素淨小臉，楞著你笑。

無不自「油桐花」觀點，擬人造境，相當生動。

三、抽象意念

抽象意念包括情緒感受（例「寂寞」、「憂傷」、「憂愁」、「愁苦」等）和概念（例「死亡」、「歲月」等）。

以「寂寞」設思者，如陸蠡〈寂寞〉（《陸蠡散文集》）：

我和寂寞相安了。沉浮的人世中我有時也會疏離寂寞。寂寞卻永遠陪伴我，守護我，我不自知。

張秀亞〈遷居〉（《中國現代文學大系》，巨人）：

當杳無一人，只賸下「寂寞」以空洞的白眼注視你時，你會變得那麼恐懼、膽怯、悲哀，不期然而然的想到死亡。

陳克華〈寂寞空間〉《給從前的愛》：

她的房間裏躲著的是午夜兩點無可抵禦的寂寞。

謂「寂寞」會「陪伴」、「守護」、「注視」、「躲」藏，積極地對人採取行動。同樣的，有關「憂傷」，席慕蓉〈成長的痕跡〉《成長的痕跡》：

隔了那麼多年，重來過渡，憂傷竟然仍然在那裏。在暮色蒼茫的渡口前，在靜靜地俯視著我的山巒之間，憂傷竟然仍然在那裏等待我。

林央敏〈吃泥土的怪客〉《生之蝶》：

那時，憂愁會變成一種瘟疫，爬上村民的眼眉。

張秀亞〈苦奈樹〉《三色菫》：

經過那次的變亂，一家人來到了天津。脫離了恐怖，愁苦又向我們撲來。

分別由「憂傷」的「等待」、「憂愁」的「爬上」、「愁苦」的「撲來」，構成動態情境。

抽象概念，以「死亡」為例，鍾玲〈小石城之晨〉《赤足在草地上》：

我看見死亡已向我逼近，我內心害怕到成中空了，沒有了知覺。

袁瓊瓊〈死亡準備〉《紅塵心事》：

在死亡已跟你臉貼臉的時候，倒又成為輕易的了。

余光中〈風吹西班牙〉《隔水呼渡》：

風果然很猛烈，一路從半開的車窗嘶喊著倒灌進來。死亡真的在城樓上俯視著我麼？

簡媜〈雲遊〉（《水問》）：

如果有一天，死亡選擇我，我願意選擇水湄為我最終的歸宿。

「死亡」能「逼近」、「跟你臉貼臉」、「俯視」、「選擇」，呈現動態關係。又如「歲月」，歐陽子〈吾女世和〉（《生命的軌跡》）：

倒不是怕被讀者群遺忘。而是擔心無情歲月把現今鮮活的印象一一偷拿去埋葬。

司馬中原〈哭的藝術〉（《駝鈴》）：

願爾後的歲月，把亂世的哭聲捲起來，那倒是人衷心期望的了。

張默〈溪頭拾碎〉（《愛詩》）最後一小節：

我們不在這裏
來與去，無與有
歲月還是無可奈何地把傷感微微的接住

分別以「歲月」為主語（主詞），「偷拿」、「埋葬」、「捲起」、「接住」為述語（動詞），說明在歲月如流中，許多過去的「印象」、「哭聲」、「傷感」均將逐漸消失、抹平。

參

大抵描繪圖寫，原則有三：一、化靜景為動感。二、自對面寫來，觀點翻新。三、擬人化以突顯動作、神態。

一、化靜景為動感

為求藝術生動效果，作家腕底的大自然靜景，往往栩栩如生，創新生色。如洛夫〈金龍禪寺〉（《魔歌》）❷：

羊齒植物
沿著白色的石階
一路嚼下去

這一路上白石階兩旁長滿青青的羊齒蕨類等植物。唯洛夫自羊齒植物主動呈現上構思，

---

❷ 對此詩有興趣者，可參筆者〈金龍禪寺〉研析（丁肇琴等編《國文選》，三民，二〇〇六）、李翠瑛〈雪、月與燈之悟——洛夫〈金龍禪寺〉一詩的修辭及意象〉（《細讀新詩的掌紋》，萬卷樓，二〇〇六）。

捕捉情趣。尤其句中「嚼」字，暗寫風中羊齒蕨搖晃的神態，最為生動。另落蒂〈最後星光〉（見張默編《感月吟風多少事》）：

小路彎進薄薄的暮色
彎進永無休止的黑暗

兩句係為寫景，謂薄薄暮色中，有一條彎曲幽暗的小路。於此，作者捨棄靜態陳述，反謂「小路」主動彎進薄薄暮色，句型更顯活潑，語感更為靈動。至於向明〈七孔新笛〉（《隨身的糾纏》）：

路在前面
伸著
長長的舌頭
把一雙雙的腳
舔了進去

將被行人踐踏的無言長路作動態呈現，於是路伸出長長舌頭，有它的肢體語言。

二、自對面寫來，觀點翻新

創作多求反熟悉設計，猛然提出相反情境，言人人意中所無，無不收驚駭、點醒效用。如淜青〈仰臉看你〉（《天河的水聲》）第二小節：

是你走累了林蔭道
想找一張寬闊的椅子坐下來休憩
睜眼俯視冷冷的地面
竟有片年輕　小小的凋葉
也在
仰臉看你

最後自「凋葉」的觀點設想，收急轉驚喜之趣。又渡也〈旅客留言〉（《我是一件行李》）：

我站在留言板前
終於被粉筆舉起
要留話給誰呢
年老的母親
或者妻子、朋友
或者留話給這廣闊無邊的車站
木板楞楞地看我
看我久久寫不出一個字

這小節最後兩行自「木板」觀點展開，藉此反顯襯「我」的茫然。另如余光中〈萬里長城〉（《聽聽那冷雨》）：

他想和太太商量一下。太太不在房裏。一回頭，太太的梳妝鏡叫住了他。鏡中出現一個中年人，兩個大陸的月色和一個島上的雲在他眼中，霜已下下來，在耳邊。

一改「他看到太太的梳妝鏡」為「太太的梳妝鏡叫住了他」的相對角度。又羅智成〈說書人柳敬亭〉（《聯合文學》第十八期）：

得意的丑角做不久
尊嚴已全然磨損，不足蔽身
清晨，鏡子對我怒目而視
殘陋、卑微的容顏與命運
種火嫌長，拄門嫌短
覺得自己像下等的柴薪

一改「我對鏡子怒目而視」為「鏡子對我怒目而視」，使閱讀經驗產生變化，進而思索此敘述方式的新趣。

三、擬人化以突顯動作、神態

運用擬人化，首當注意主詞（景物或抽象意念）特性，讓原屬背景的客體，變成視覺的主體。以「石」為例，如張菱舲〈輓獵〉（《中國現代文學大系——散文②》，巨人）：

斷崖下面，許多尖石在張齒等待著。

張秀亞〈心靈踱步〉（《中國現代文學大系——散文①》，巨人）：

這溪水已乾涸了，只有溪床上一些亂石，大睜著茫然的白眼，無語的凝望天空。

前者由「尖石」之「尖」，發展出「張齒」形象及「等待」的行徑。後者由溪床亂石多滾圓與灰白上，發展出「睜大的茫然的白眼」的形象及「凝望」的姿勢。

其次，模擬情境生動展現，則須慎擇動詞。以描繪沾黏的感覺為例，王鼎鈞〈失名〉（《左心房漩渦》）：

輕雷來敲我的囟門，剎那間全身溼透，泥漿竟想脫我的褲子。

吳鳴〈木瓜樹〉（《晚香玉的淨土》）：

阿玉姊說，這些青木瓜的奶汁會咬人，不能吃的，送來幹嘛？

前者泥漿用「脫」，後者木瓜奶汁用「咬」，均十分傳神。若一律改成「泥漿竟黏住我的褲子」、「青木瓜的奶汁會黏人」，突顯動作特性的語感將喪失殆盡。

大抵擬人化中，動詞的擇用仍須配合上下文。以「陽光」為例，林清玄〈愛晚晴〉（《白雪少年》）：

我坐在長廊的盡頭，看著散落在地上的洋灰，看著一寸寸走近的陽光。

在寧靜思緒裏所見的「陽光」，是「一寸寸走近」。至於蕭白〈祭・蓮花寺〉《白屋手記》：

我又坐上了計程車、公路汽車、火車，奔回臺北，陽光依然一路追來，追在後面。

在快速奔行中，「陽光」則如影隨形般「追來」。其中擬人化動作的快慢，全訴諸文內敘述者「我」的心緒振幅。

綜上三點所述，可見詩文創作每每打破平常固定思維習慣，變換一直以人為主詞的單向角度，刷新與周遭景物或內心意念的關係，呈現新感覺新認知❸，而呈現層出不窮鮮活複繁的文學國度；永遠使人震撼，使人深思。

❸ 袁暉〈漫評九十年代臺灣的修辭研究〉曾針對本篇道：「集中探討了文學描寫中的被動化為主動，靜態轉為動態的問題，其中也涉及了擬人等辭格。修辭手法在這裡可以說達到了融會貫通、運用自如的地步。」《第二屆中國修辭學學術研討會論文集》（洪葉文化，一九九九）。

如怨如慕，如泣如訴——博喻

壹

蘇軾〈前赤壁賦〉：

客有吹洞簫者，倚歌而和之；其聲嗚嗚然，如怨如慕，如泣如訴；餘音嫋嫋，不絕如縷；舞幽壑之潛蛟，泣孤舟之嫠婦。

以「如怨如慕，如泣如訴」連續四個比喻描述洞簫吹奏的各種變化，自四個角度加以照見、領會。接著，以「如縷」比擬嫋嫋不絕的餘音，形成四樣的統一，再度感染、引導讀者的聽覺感受。似此連續運用兩個以上的喻體，多樣聯想，曲盡形容的方式，即比喻的特殊類型，本篇所欲探討的「博喻」。

貳

博喻（又稱「複喻」、「莎士比亞式比喻」）旨在運用多方聯想，掌握本體的多種屬性（多個側面）。以多重相關情境、豐美辭藻，增強行文富麗之姿，在在展現創思的流暢力（量的擴大，多種的解決方式）；並使讀者於繽紛比喻中，了然於心。以下依雙重、三重、四重比喻及其他，分別言之。

一、雙重比喻

雙重比喻在一般成語中相當常見。例：「如手如足」、「如兄似弟」、「如火如荼」、「如花似玉」、「如膠似漆」、「如夢似幻」、「如痴如醉」、「如雷似電」、「如饑似渴」、「如禾如稻」、「若有若無」等。今自比喻中的喻體❶觀之，以名詞為喻體構成雙重比喻者，有：

1. 委委佗佗，如山如河。（《詩經・君子偕老》）

---

❶ 喻體指用來說明比擬主體的事物。如：「A像B」，則B為喻體。黃慶萱《修辭學》（三民，一九七五），曾稱為「喻依」，但該書增訂三版（三民，二〇〇二）改稱A為「本體」，B為「喻體」，今從新說。

2. 愁心似醉兼如病❷，欲語還慵。（馮延巳〈采桑子〉）

3. 兩傍走過幾個如狼似虎的公人，把那童生叉著膊子。（《儒林外史》第三回）

4. 北靜王笑道：「名不虛傳！果然如寶似玉！」（《紅樓夢》第十五回）

其中「如山如河」、「似醉如病」、「如狼似虎」、「如寶似玉」同屬此類。現代文學中似此例證極多：

1. 從前去過加拿大維多利亞拔卓特花園，那裏的球莖如雲似錦，她常念念不忘。（梁實秋《槐園夢憶》）

2. 在涼涼的夏日裏，我們站在陽臺上，可以看到周圍三里地裏，環繞似錦如繡的常綠丘陵，點點的屋子。（楊牧《搜索者・西雅圖記》）

3. 滿林的香氣，就這麼如紗如網，牽惹著醺醺的行人，從四月初到六月初，暗施其金黃

❷ 七言詩詞中常見「如」或「似」重出。例：「風頭如刀面如割」（岑參〈走馬川行奉送封大夫出師西征〉）、「芙蓉如面柳如眉」（白居易〈長恨歌〉）、「月光如水水如天」（趙嘏〈江樓感舊〉）、「濕雲如夢雨如塵」（崔櫓〈華清宮三首之三〉）、「細似輕煙緲似波」（吳融〈情詩〉）、「車如流水馬如龍」（李煜〈望江南〉）、「春山如黛草如煙」（黃仲則〈感舊〉）、「才如江海命如絲」（蘇曼殊〈本事詩〉）等。但此類句型為兩個比喻指兩件事。例「風頭如刀面如割」，以「刀」喻「風頭」，以「割」比喻「面」被吹時感受。和「愁心似醉兼如病」，以兩個比喻同指一件事不同。

的蠱術。（余光中《記憶像鐵軌一樣長・春來半島》）

4. 而滋潤的雨，總是適時的下著，氤氤氳氳，如煙似霧，惹得天地間也變得神祕無邊了。（白辛《風樓・夜歸》）

5. 靜靜的坐下來，面對著海，看陽光在追逐著天上的雲朵，如花如夢，各種神話都在上頭搬演……（黑野〈海濱的形象〉，見《七十一年散文選》，九歌）

6. 這座林子的可愛，不僅在它幾百年的古樹，更在其不知年數的古藤，粗如臂，繚繞屈曲，如蛟似蟒，意態萬千。（陳冠學《田園之秋》）

7. 作為一個都市的市民，至少應該愛那些如棋盤如蛛網的縱橫路吧？（張曉風〈路〉，收入《三弦》）

8. 比白晝更亮的是一種透明的水綠色的光暈，在山間在草叢裏到處流動著，很亮可是又很柔，像水又有點像酒。（席慕蓉《寫給幸福・有月亮的晚上》）

凡此（「如雲似錦」、「似錦如繡」、「如紗如網」、「如煙似霧」、「如花如夢」、「如蛟似蟒」、「如棋盤如蛛網」、「像水」、「像酒」）均為以名詞博喻。至於以動詞為喻體者，有：

1. 物之生也，若驟若馳，無動而不變，無時而不移。（《莊子・秋水》）

2. 臣欲久辭老母，則又汙辱名教；臣欲便不之官，又恐稽違詔命。在臣肝腸，如煎如燭。（元結〈讓容州表〉）

「若驟若馳」、「如煎如燭」即是。現代散文如：

1. 到了四月中旬，碧秋樓下石階右邊的相思叢林，不但換上鮮綠的新葉，而且綻開粉黃如絨球的一簇簇花來，襯在叢葉之間，起初不過點點碎金，等到發得盛了，其勢如噴如爆，黃與綠爭，一場油酥酥的春雨過後，山前山後，坡頂坡底，迎目都是一樹樹猖狂的金碧。（余光中《記憶像鐵軌一樣長・春來半島》）

2. 首先是兩面國旗昂然，然後是一只蘇格蘭風笛如泣如訴；然後是兩人披著麻布，袒露左胸，形象如古希臘葬禮中人物，然後是九位絕食而死者的遺照，一律是黑白頭像，在紐約市的十丈軟紅中真有幽冥異路之感。（王鼎鈞《海水天涯中國人・那天》）

3. 把頭俯夾在兩膝之間，去感覺船身的微晃。這已是很熟悉的韻律，屬於睡與醒之間的眩然。小船似飄似浮，在水之裸體上曲折。（簡媜《水問・幻航》）

其中「如噴如爆」、「如泣如訴」、「似飄似浮」均屬此類。而以「主從結構」（詞組）為喻體者：

1. 足痕疊覆交錯，像交叉的線，像連結的網。總有許多故事，在這遼闊的舞台上，戲劇性的開始又結束，幕起幕落，交織成多少人生的喜怒哀樂。（蔡碧航《一葉・夜語》）

2. 沒有燈塔的海岸就像沒有燈火的街衢，像是沒有光明的暗室，整個海邊的星月都要黯然失色。（林清玄《玫瑰海岸・迴旋的心》）

3.同時我悟出一個道理：經紀人雖受賣主所僱，佣金由賣主付，表面上是為賣主效勞，骨子裏卻是親買主的。因賣主一經簽房屋合約，便如釜中魚、砧上肉。（劉安諾《一杯半咖啡・售屋壯舉》）

其中「交叉的線」、「連結的網」，「沒有燈火的街衢」、「沒有光明的暗室」，「釜中魚」、「砧上肉」，均為此類結構之博喻。而以「造句結構」（詞結）為喻體者：

1.《詩》云：「如霜雪之將將，如日月之光明。為之則存，不為則亡。」此之謂也。（《荀子・王霸篇》）

2.方其說之行也，若石之投水，若丸之走阪；其君不惜出肺肝相結，如左右手。（梅曾亮〈鼂錯論〉）

3.其為詩，……淒淒然又如羈人之寒起，而寡婦之夜哭也。（陳維崧〈石汀子詩序〉）

其中「霜雪之將將」、「日月之光明」，「石之投水」、「丸之走阪」，「羈人之寒起」、「寡婦之夜哭」均屬此類。又以句型為喻體者：

1.眾人熙熙，如享太牢，如春登臺。（《老子》第二十章）

2.戰戰兢兢，如臨深淵，如履薄冰。（《詩經・小旻》）

3.所謂誠意者，毋自欺也。如惡惡臭，如好好色。（《禮記・大學》）

4.君子之道，譬如行遠，必自邇；譬如登高，必自卑。（《禮記・中庸》）

均以敘事句（「享太牢」、「春登臺」，「臨深淵」、「履薄冰」，「惡惡臭」、「好好色」，「行遠」、「登高」）展開。又如：

1. 因此言談舉止之際，看不到嬌憨媚態的女兒薰習。倒是坐臥之中，掌風習習，妙藏物色；提足成步之時，如礦出金，如鉛出銀，十分洗鍊。（簡媜《只緣身在此山中・紅塵親切》）

2. 一個好端端健康的人面有悲悽，長期地深鎖眉宇，簡直像世間欠他太多，也似在默默贖罪。（蘇偉貞〈兩地〉，見《傳熱》，聯經）

其中「礦出金」、「鉛出銀」，「世間欠他太多」、「默默贖罪」，亦為句型之雙重比喻。

二、三重比喻

三重比喻中，以名詞為喻體者：

1. 林中植物，除古樹古藤本身之外，女蘿是最顯明的，有稀疏如帶的，有成匹如縑的，更有整面如帷如帳如幕的。（陳冠學《田園之秋》）

2. 若是溪水
該如帶如夢如幻
繾綣的水草上

必得棲止一雙星花（陳義芝《青衫・花季》）

其中「如帷如帳如幕」、「如帶如夢如幻」即是。而以「主從結構」（詞組）為喻體者，如賀鑄〈青玉案〉：

飛雲冉冉蘅皋暮，彩筆新題斷腸句。試問閒愁都幾許？一川煙草，滿城風絮，梅子黃時雨。

以三組風景喻閒愁心事。「一川煙草」（「一川」加語，「煙草」端語）喻心情之淒迷，「滿城風絮」（「滿城」加語，「風絮」端語）喻心緒之紊亂，「梅子黃時雨」（「梅子黃時」加語，「雨」端語）喻心境之空濛潮濕。現代文學中，似此結構例證不少。如：

1. 這時一切景觀看起來都這麼寧靜，留在這兒的幾個人雖都不相識，又都懷著不同的心情來到這兒，但看起來都有著平和愉快的表情。像那座凝然如山的女王石，像這時的海，也像這時即將沉落的太陽。（羅英《盒裝的心情・海之旅》）
2. 後來，線條畫得很粗，有時像肌肉隆起的臂，有時像老樹的枝椏，有時像逆流而上的纜。這裏面似乎有憤怒的不同意，有勉強吞嚥的悲辛，也有滔滔奔流的豪氣。（王鼎鈞《碎琉璃・地圖》）
3. 牠是一隻有淺咖啡色斑毛的白狗。牠靜靜臥在那兒，像一個破麻布袋，像一團舊報紙，像一堆灰，一動不動。（子敏《在月光下織錦・牠》）

4.至於人，他們的語言和思想都那麼遊移不定，變幻無常，像流浪的雲，飄忽的風，無根的萍。（胡品清〈心境〉，見《聯副六十四年散文選》）

5.聽說詩人路過我旅居的城市。彷彿是一陣風，一聲嘆息，一瓣落花，寧靜得使我不曾察覺他的過訪。（陳嘉農〈交錯〉，見《一九八五年散文選》，前衛）

分別以「凝然如山的女王石」、「這時的海」、「即將沉落的太陽」之景喻平和愉悅之情，「肌肉隆起的臂」、「老樹的枝椏」、「逆流而上的纜」喻線條之狀，「一個破麻布袋」、「一團舊報紙」、「一堆灰」喻白狗蜷伏之貌，「流浪的雲」、「飄忽的風」、「無根的萍」喻語言思想之飄忽無常，「一陣風」、「一聲嘆息」、「一瓣落花」喻詩人路過之姿。而以「造句結構」（詞結）為喻體者，如《莊子・天下》，敘述慎到的學術：

推而後行，曳而後往，若飄風之還，若羽之旋，若磨石之隧，全而無非，動靜無過，未嘗有罪。

以「飄風之還」、「羽之旋」、「磨石之隧」（「隧」指「回轉」），喻合乎自然的三種情境。至於以句型構成者，如白居易〈盧山草堂記〉：

修柯戛雲，低枝拂潭，如幢豎，如蓋張，如龍蛇走。

以「幢豎」、「蓋張」、「龍蛇走」三句比喻修柯、低枝之狀。愛亞〈高跟鞋的哲學〉（收入《三弦》）：

女人穿高跟鞋一如吃辣椒，越吃越辣。一如飲燒酒，愈飲愈烈。一如胖子減肥，下的決心越大，增的體重越多！

以「吃辣椒」、「飲燒酒」、「胖子減肥」三句排比，比喻女子穿高跟鞋之沉迷心態。至於袁則難〈飲酒篇：微醉的時刻〉（《凡夫俗子》）：

當時我第一個反應是想哭，但發覺自己哭不出聲來，喉頭一下子梗住了。這是中國特有的敦厚與篤情，在這微醉的晚上，在我半麻木善忘的腦海中突然出現，如雷轟，如電閃，如一柄斗然出鞘的龍泉。

以「雷轟」、「電閃」（表態句）與「一柄斗然出鞘的龍泉」（詞組），共喻混茫腦海中驚醒之震撼意象。

三、四重比喻

四重比喻，最簡單的形式往往為雙重比喻並列而成。如：

1. 有匪君子，如切如磋，如琢如磨。（《詩經．淇奧》）
2. 文王曰：「咨！咨女殷商。如蜩如螗，如沸如羹。」（《詩經．蕩》）

以「切」、「磋」、「琢」、「磨」喻君子（衛武公）勤於自修。以「蜩」、「螗」、「沸」、「羹」喻殷商國事混亂。而現代散文，如：

1. 雨雲下，那一列怪岩雜錯的長岬，布陣把關一般地阻絕了去路，那色調如鏽如焦，那外殼如破爛如腐朽如鑿如雕，是醜還是美都很難說，奇，卻是奇定了。（余光中《隔水呼渡・龍坑有雨》）

2. 我們太小，喜歡一種聲色轟烈的愛情，而且如歌如泣，如詩如畫。連女主角面貌都見不到的愛情，那是什麼滋味？（蘇偉貞《歲月的聲音・兩地》）

其中「如破爛如腐朽如鑿如雕」、「如歌如泣，如詩如畫」，均屬此類。而以「主從結構」（詞組）為喻體者，如羅蘭〈鑰匙〉（七十五年一月二十四日《聯合報》副刊）：

我信賴我的鑰匙，而且對它們十分感謝。好像它們是黑夜中的一些燈，寒夜裏的一爐火，或一把擋雨的傘，一件禦寒的大衣。

以黑夜之燈、寒夜爐火、擋雨之傘、禦寒大衣，比喻鑰匙（文中以「好像」為喻詞，底下三個喻詞均承上省略）。張曉風〈你不能要求簡單的答案〉（《從你美麗的流域》）：

我想，如果沒有意識到死亡，人類不會有文學和藝術，我所說的「死亡」，其實是廣義的，如即聚即散的白雲，旋開旋滅的浪花，一張年頭鮮艷年尾破敗的年畫，或是一隻心愛的自來水筆，終成破敝。

以即散白雲、旋滅浪花、破敗年畫、破敝自來水筆，比喻廣義的死亡（文中喻詞亦承上省略）。楊牧〈赫德遜河〉（《葉珊散文集》）：

水流得像另外一支遺忘了的短歌，像民謠淺淺的憂愁，像戰鼓輕輕的患難，像晚禱時候清教徒的頑冥和驕傲。

以聲音（「短歌」、「民謠」、「戰鼓」、「晚禱」）、聲音中的聯想（「遺忘」、「淺淺的憂愁」、「輕輕的患難」、「清教徒的頑冥和驕傲」），呈現「水流」興發的四種類比的情境。至於楊牧〈北方〉（《搜索者》）：

如今站在這土地的一個角落上，左右游目，傾聽，我已完全領會——這一切如幻似真，像歷史的煙塵，人情的嘆息。

「如幻似真」（名詞）和「像歷史的煙塵，人情的嘆息」（詞組）形成連續比喻。又楊牧〈料羅灣的漁舟〉（《葉珊散文集》）：

我不只一次看過那出名的料羅灣，卻沒有這麼激動過。那天中午，四月的末尾，在烈日下，它平靜而神祕。我在吉普車上看它如貓咪的眼，如銅鏡，如神話，如時間的奧祕。

以「銅鏡」、「神話」（名詞）、「貓咪的眼」、「時間的奧祕」（詞組）比喻料羅灣的平靜與神祕。

四、其　他

其他，指五次以上的多重比喻。《詩經・天保》第三章：

天保定爾，以莫不興。如山如阜，如岡如陵。如川之方至，以莫不增。

第五章：

如月之恆，如日之升。如南山之壽，不騫不崩。如松柏之茂，無不爾或承。

前後共以九個（第三章五個、第五章四個）比喻，祝福先王先公福祉綿綿，萬壽無疆。其中均用大自然景物（山、阜、岡、陵、川、月、日、南山、松柏）喻人。《莊子・齊物論》：

山林之畏佳，大木百圍之竅穴，似鼻，似口，似耳，似枅，似圈，似臼，似洼者，似汙者。

以「鼻」、「口」、「耳」、「枅」（音ㄐㄧㄢ，指瓶罍）、「圈」（指杯盂）、「臼」（指舂臼）、「洼」（指深池）、「汙」（指小池）計八個比喻，形容山陵大木竅孔之狀。至於姚鼐〈復魯絜非書〉，以比喻說明陽剛與陰柔兩類風格：

其得於陽與剛之美者，則其文如霆，如電，如長風之出谷，如崇山峻崖，如決大川，如奔騏驥；其光也如杲日，如火，如金鏐鐵；其於人也，如憑高視遠，如君而朝萬眾，如鼓萬勇士而戰之。

連續以十二個（六種大自然雄勁形象、三種明亮光澤、三種以人為主的高大場景）比喻，說明陽剛風格，使人易於領會。至於：

其得於陰與柔之美者，則其文如升初日，如清風，如雲，如霞，如幽林曲澗，如淪，如漾，如珠玉之輝，如鴻鵠之鳴而入寥廓；其於人也，漻乎其如嘆，邈乎其如有思，暵乎其如喜，愀乎其如悲。

則以十三個（九種大自然輕靈的形象、四種個人表情）不同的比喻，充分傳達陰柔風格「類型」的多重特徵。

現代詩文中如此大量運用的，如王鼎鈞〈你不能只用一個比喻〉（《左心房漩渦》）：

所以，我們需要母親如病需醫，如渴需飲，如疲倦需夢，如音樂需琴，如夜需星月，如計算機需電流。

以六種自然需要、不可缺少的事實比喻我們需要母親的心情。同樣，該書中〈中國在我牆上〉：

湖邊還參差著老柳。這些柳，春天用它的嫩黃感動我，夏天用它的婀娜感動我，秋天用它的蕭條感動我。它們和當年那些令我想起你的髮絲來的垂柳同一族類。它們在這裏以足夠的時間完成自己，亭亭拂拂，如曳杖而行，如持笏而立，如傘如蓋，如泉如瀑，如鬚如髯，如煙如雨。

以十個（兩種為句子，八種為單一名詞）比喻老柳亭亭拂拂的態勢。又楊牧〈我聽到宇宙震動〉（《海岸七疊》）：

久久堅持的一份光明如爝火

如北斗七星，如劍訣，如電

如哲人無垢之鏡，一燈心傳

以五個（四種為名詞，一種為詞組）比喻堅持的光明❸。

大抵運用博喻的修辭觀念，將有助於創思的流暢力，展現形象思維的豐富性與多樣性；讓多元比喻捕捉物體本身各種狀態，必將博喻釀采，煒燁枝派；使文章更豐贍可觀。

❸ 博喻組成形式，沈謙分四類：「以明喻組成」、「以隱喻組成」、「以略喻組成」、「以借喻組成」（《修辭學》，空大，一九九五），比起筆者採量的分類（「雙重」、「三重」、「四重」、「其他」），更為精闢，值得特此提出。又古典詩中，博喻佳例，可參周振甫《周振甫講修辭》（江蘇教育，二〇〇五）。

憂能傷人——析詞❶

壹

東漢孔融於〈論盛孝章書〉中深喟：

若使憂能傷人，此子不得復永年矣。

其中「憂能傷人」四字❷，如暮鼓晨鐘，發人深省。莊子云：「人之生也，與憂俱生。」

---

❶ 歷來修辭學中有「析字」格，分析字的形、音、義。本文則自詞的分析上考量，故取名為「析詞」。唐松波、黃建霖稱「拆詞」，形式有三：「隔離」（在複音詞和成語中間加入其他詞語）、「倒置」（顛倒構成複合詞或成語的語素的順序）、「拈用」（從複詞中拈出一個或幾個語素來獨立使用）。見《漢語修辭格大辭典》，建宏，一九九四。

❷ 「憂能傷人」已成警句，逗人深思。金庸武俠小說《神雕俠侶》中，楊過盼一燈大師救小龍女，臉色凝重，小龍女看了，直道：「生死有命，豈能強求？過兒，憂能傷人，你別太過關懷！」藉「憂能傷人，你別太過關懷！」之勸慰，聞之惻惻，反顯彼此纏綿情意。

〈至樂〉是知人生於世，如何擺落憂傷，了無牽掛，任真自足，確實為一大學問。

至於「憂能傷人」一句，其修辭技巧有二：一、將抽象「憂」字具象化，突顯重點。二、將「憂傷」二字拆開，分別擔任句中主詞（「憂」）動詞（「傷」），造句簡潔有力。

考察歷來「憂傷」二字之分合，以合用最常見。如：

1. 正月繁霜，我心憂傷。《詩經・正月》
2. 同心而離居，憂傷以終老。《古詩十九首・涉江采芙蓉》
3. 小人但咨怨，君子惟憂傷。〈韓愈〈重雲一首李觀疾贈之〉〉

而分用者，如：

1. 苕之華，芸其黃矣。心之憂矣，維其傷矣。《詩經・苕之華》
2. 徘徊將何見，憂思獨傷心。〈阮籍〈詠懷〉第一首〉

今就〈苕之華〉、〈詠懷〉中之分用與「憂能傷人」相較，〈苕之華〉、〈詠懷〉中僅作感性表白，未能正視「憂」與「傷」所造成後遺症的因果關係；反觀之「憂能傷人」即能辨析憂緒對人的傷害，進入理性思考。及李白〈怨歌行〉：

沉憂能傷人，綠鬢成霜蓬。

孟郊〈贈崔純亮〉：

忍泣目易衰，忍憂形易傷。

蘇軾〈九日湖上尋周李二君不見君亦見尋於湖上以詩見寄明日乃次其韻〉：

悟此知有命，沉憂傷魂魄。

大抵與之立意相似。至歐陽修〈秋聲賦〉：

而況思其力之所不及，憂其智之所不能；宜其渥然丹者為槁木，黟然黑者為星星。……念誰為之戕賊，亦何恨乎秋聲！

尤能於此深入推論。蓋得失心過重，整日憂心忡忡，將加速鶴顏白髮早日降臨。誠如歐氏所感嘆「念誰為之戕賊，亦何恨乎秋聲」，往往是自己憂緒傷害自己，和大自然秋風秋雨無關。而此等思考，正與「憂能傷人」所述相同。降及現代散文，亦見相同意念之傳達。如張曉風〈癲者〉（《曉風散文集》）：

我看見他們的小臉被皺紋撕壞，他們的骨頭被憂苦壓傷。

所謂「他們的骨頭被憂苦壓傷」，即與「憂能傷人」思考方式相同。而其中差別在於現代散文以被動式陳述。

貳

析詞之運用，大抵可分三類：一、用以造句，一新耳目；二、辨析異同，鎖定意義；

三、變化行文，強調音節。

一、用以造句，一新耳目

第一類特色在於將析出的字造句，形成增字為訓的領略與別解。上文析「憂傷」為「憂能傷人」即為此類。其他如歐銀釧〈送花的男子〉（《玫瑰花橡皮擦》）：

一個湖能泊多少心事？

湖水清澈如鏡，白雲、綠樹、漁翁入鏡來，我的故事呢？

「湖泊」析為「湖能泊多少心事」。「湖」當主詞，「泊」當動詞。

至於劉勰〈知音〉（《文心雕龍》）：

知音其難哉！音實難知，知實難逢，逢其知音，千載其一乎！

「知音」析為「音實難知」，將兩字顛倒造句。「音」主詞，「知」不及物動詞。又許達然〈遠近〉（《土》）：

讀書的日子竟是一連串的流浪。書並沒看多少，浪卻越流越多。而越讀越多的外在世界似乎越走越陌生，越看越老的生命似乎越來越複雜。

「流浪」析為「浪卻越流越多」，亦顛倒造句。「浪」為主詞，「流」為不及物動詞。

此外，王鼎鈞〈言志〉（《左心房漩渦》）：

這驚天動地的好消息，到了十一月才驚了他們頭上的天，才動了他們腳下的地。

「驚天」析為「驚了他們頭上的天」，「動地」析為「動了他們腳下的地」。「驚」、「動」當動詞，「天」、「地」為受詞。奚淞〈給川川的札記〉（《給川川的札記》）：

川川，遠離希臘藍天，遠離自然而淳樸的生活，我們經常被桎梏在複雜、功利的人事鎖鍊中，忘記去敬惜尊貴的心。於是，惡性循環般，我們習慣於傷心，也傷別人的心……

「傷心」與析成「傷別人的心」（「傷」動詞，「心」受詞），相互構成周延的文意。余光中〈蒲公英的歲月〉（《焚鶴人》）：

異國的日曆上沒有清明、端午、中秋和重九，復活節是誰在復活？感恩節感誰的恩？

「感恩」析為「感誰的恩」（「感」動詞，「恩」受詞），自節慶日名稱上反詰質疑。而執此以觀，析「幽默」為「幽他一默」或「幽自己一默」，「抬槓」為「抬了半天槓」，「滑稽」為「滑天下之大稽」，「散步」為「散一個長長的步」，均為此類析詞，造成延伸長句。

二、辨析異同，鎖定意義

複詞中析出的字，往往義近而異。透過析出字眼的比較，自然能突顯其中差異，最宜辨析較精確的意義，而平日熟視無感、習焉不察的複詞於此頗能恢復它原有字義的性能。如劉劭〈英雄〉（《人物志》）：

英而不雄，則雄才不服也。

一般視「英雄」為同一形象。然而「英」與「雄」不同。故謂英明領導者若缺乏雄才大略，則有雄才之士無法心服口服。畢竟「英」與「雄」兼具，始為最佳領導人才。同樣，以「思戀」而言，曾麗華〈冬之記憶〉《流過的季節》：

不知為什麼午睡後醒來我滿眼是淚，我似乎是邊睡覺邊做夢，卻毫不記得夢見什麼。我一向只是思而不戀的人。

析「思戀」為「思而不戀」，正說明思念而不迷戀的淡然。以「文化」而言，司馬中原〈生活的拼盤〉《駝鈴》：

如果不一點一滴的從根改進它，而光是去闡仁釋義，著書立說，再過百年，恐怕書仍是書，說猶是說吧？不身處鄉野和街頭文化之中的闊佬們，常以雞毛蒜皮、芝蔴綠豆看待這些事，那就弄錯了，光是文而不化，等於沒有根的樹木，早晚仍會枯萎的。

析「文化」為「文而不化」，謂只文飾而不真正消化，化為生活品質的提升，則「文化」的命脈岌岌可危。其他，如析「退休」為「退而不休」，「教育」為「教而不育」（或「育而不教」），「殘廢」為「殘而不廢」，「悲慘」為「悲而不慘」，「通俗」為「通而不俗」，「哀傷」為「哀而不傷」，「游擊」為「游而不擊」，「迷信」為「信而不迷」等，同屬此類。

此外，鄭燮《隨獵詩草・花間堂詩草跋》（《鄭板橋全集》）：

學問二字，須要拆開看。學是學，問是問。今人有學而無問，雖讀書萬卷，只是一條鈍漢爾。

藉析「學問」為「有學而無問」，指陳有些人在求學上出現的弊端。梁實秋〈聽戲〉（見《中國現代文學選集》，爾雅）：

戲一演便是四五鐘頭，中間如果想要如廁，需要在肉林中擠出一條出路，擠出之後那條路便翕然而闔，回來時需要重新另擠出一條進路。所以常視如廁如畏途，其實不是畏途，只有畏，沒有途。

析「畏途」為「有畏，沒有途」，寫出聽戲時如廁返回的心態。似此採取有無（即「沒有」）相對的構詞，如析「質量」為「有質無量」（或「有量無質」），「色情」為「有色無情」，「光熱」為「有光無熱」，「情思」為「無情有思」，「緣分」為「有緣無分」，「感悟」為「有感無悟」，「牽掛」為「有牽無掛」，「戀愛」為「有愛無戀」等，均能鎖定更精細的陳述。

其次，複詞中單字往往彼此具有時間先後或因果關係，透過分析，能顯現平日未思索之意義。如《紅樓夢》第一回：

士隱聽了，便迎上來道：「你滿口說些什麼，只聽見些『好了』『好了』？」

那道人笑道：「你若果聽了『好了』二字還算你明白！可知世上萬般『好』便是『了』，『了』便是『好』，若不『了』便不『好』，若要『好』須是『了』，我這歌兒便叫〈好了歌〉。」

析「好了」為「好」與「了」的相互因果關係。蓋人間任何美好，必將圈上空的句點。也由於有限性，方能顯出美好的特性。如此析辨，頗能指出其中弔詭，醒人耳目。又李黎〈尋人〉（七十八年四月二十九日《中國時報》副刊）：

還有那大佛雕像的臉，令我幾乎以為找著了，亦是比真人的臉更動人心魄，那若有若無的微笑竟是那般了然世間一切之後的慈悲——因為慈，所以不免於悲。

析「慈悲」為「因為慈，所以不免於悲」的因果關係。至蕭蕭〈因為有一朵雲自山後昇起〉（《美的激動》）：

美的激動，是情因為激而動？是因為心動而激？

析「激動」為「激而動」與「動而激」的質疑。似此辨析，確實勾出某些習焉不察的幽微之理。

三、變化行文，強調音節

以析詞入文，可以變化詞趣，增添文字的活潑與彈性。如《楚辭・哀郢》：

心不怡之長久兮，憂與愁其相接。

將「憂」與「愁」並列，化專有名詞為詞聯短語，比起今日「憂愁」一詞之固定用法，反顯超常凝視，語意疊加；更能給人新鮮語感。又洛夫〈去夏北海公路偶見〉(《月光房子》)：

海灘上
擱著一條破船
橫七豎八地
幾十塊乾皺而陰鬱的靈魂
而釘子仍堅持一個遠洋的夢
鼾聲越來越低
細細吐出
滿嘴的銹味
滄也罷，桑也罷
可談的舊事就此一樁——
說什麼
誓與潮水共進退

將「滄桑」(疊韻衍聲複詞）拆成「滄」與「桑」並置，添增行文變化之趣。余光中〈水仙節〉《隔水觀音》最後兩小節：

然後便是殉情了
空餘一缽
嫋嫋的迴聲
仙渺，波冷

讓喧桃和囂李
爭一個花季
你永恆的磁缽
在我心裏

將「喧囂」、「桃李」分拆，再重新作驚喜組合：「喧桃」、「囂李」，將固定詞彙翻新。蕭蕭〈花叫〉《悲涼》第一小節：

所有的冷與冽
凝成小小的一滴
那小小一滴就滴在眉睫間
沿著臉頰順著嘴角，直入

久不開啟的心底

將「冷冽」分開並列，刷新閱讀時的語感。

其次，析詞時往往於中間增字，插入相同副詞，造成重出，進而增強音義。如張曉風〈許士林的獨白〉（《步下紅毯之後》）：

娘，真的，在第一次對人世有所感有所激的剎那，我潛在你無限的喜悅裏，而在你有所怨有所嘆的時分，我藏在你的無限淒涼裏，娘，我們必然是從一開頭就彼此認識的，你能記憶嗎？

析「感激」為「有所感有所激」，「怨嘆」為「有所怨有所嘆」，其中重出「有所」。又張曉風〈星約〉（《從你美麗的流域》）：

我們在今夜，以及今夜的期待裏。以及，因期待而生的焦灼裏。

不要有所期有所待，這樣，你便不會憂傷。

及〈你不能要求簡單的答案〉（《從你美麗的流域》）：

年輕人啊，你真要問我跟寫作有關的事嗎？我要說的也是：除非，我不回答你，要回答，其實也不免要夾上一生啊！（雖然一生並未過完）一生的受苦和歡悅，一生的癡意和絕決忍情，一生的有所得和有所捨。

文中析「期待」為「有所期有所待」，「捨得」為「有所捨」、「有所得」，均同屬此技法。

至於余光中〈旗〉（《與永恆拔河》）：

西北風正長，要測風速
要探向冷鋒最猛最烈處
破了，也不做無顏的降旛

將「猛烈」析為「最猛最烈」，並重出「最」。又其〈西貢〉（《與永恆拔河》）：

湄公河，斷了，苦澀的母奶
港口緊閉，向每一岸異域
去捶打陰沉沉的海關接海關
去嘗更苦更澀陌生的河水

將「苦澀」析為「更苦更澀」，並重出「更」。而張曉風〈常常，我想起那座山〉（《你還沒有愛過》）：

在臺灣，無論走到多高的山上，你總會看見一所小學，灰水泥的牆，紅字，有一種簡單的不喧不囂的美。

析「喧囂」為「不喧不囂」。而朱介凡《譬喻諺語集》：

見識見識，不見不識。

析「見識」為「不見不識」，均重出「不」。其他如「不奇不怪」、「不規不矩」、「不整不齊」等，均為此結構。

參

事實上，以析詞觀念為文，往往觸及語言性質❸上的檢討。如余光中〈海緣〉（《隔水呼渡》）：

> 長風吹闊水，層浪千摺又萬摺，要摺多少摺才到亞洲的海岸呢？中間是什麼也沒有，只有難以捉摸，唉，永遠也近不了的水平線其實不平也不是線。

析「水平線」為「水平」與「線」，並由此判斷「其實不平也不是線」，進入對象語言的考量。又董橋〈給後花園點燈〉（《這一代的事》）：

> 公事包不重，記憶的背囊卻越背越重，沉甸甸的：二十多年前的波羅麵包、綠豆湯、西瓜、排骨菜飯、牛肉乾、長壽牌香烟、《大一國文》、《英文散文選》、《三民主義》、籃球、烏梅酒、《文星》雜誌、《在春風裏》、黑領帶、咔嘰褲，原來都給二十多年烈陽風霜又

---

❸就語言性質而分，可分為「對象語言」（以實際事物為對象）、「後設語言」（以語言本身為對象）。如問：「國歌有幾個字？」自對象語言考慮，國歌歌詞內容為「三民主義，……以進大同」，共四十八個字。若自後設語言回答，國歌本身只有兩個字：「國」、「歌」。

晒又吹又烤的，全成了乾巴巴的標本了，現在竟紛紛科幻起來，眨眼間復活的復活，還原的還原，再版的再版，把中年風濕的背脊壓得隱隱酸痛：止痛片止不住這樣舒服的酸痛。

析「止痛片」之「止痛」，為「止不住這樣舒服的酸痛」，亦自「止痛片」命名上加以衍生，自功用上加以反諷。梁實秋〈疲馬戀舊秣，羈禽思故棲〉《白貓王子及其他》：

小時候過年固然熱鬧，快意之事也不太多。……壓歲錢則一律塞進撲滿，永遠沒滿過，也永遠沒撲過，後來不知到哪裏去了。

自「撲滿」命名設思，析「撲滿」（名詞）為「滿」（形容詞）、「撲」（動詞），以「沒滿過」、「沒撲過」說出當年微憾情景。而此即後設語言的思索。

其次，析詞時每每自語言雙關上製造歧義，逗出新趣。如荊棘〈網〉《荊棘裏的南瓜》：

那麼多男孩子。多的是比你瀟灑比你漂亮的，人家總奇怪我為什麼要理你。學土木的，又土又木。四四方方的一個人。木木訥訥的一個人。

析「土木」為「又土又木」，然而前者「土木」指科系，後者「土」、「木」指個性，兩者音同而義異。許達然〈看棒球賽〉《水邊》：

球，投手和捕手商量策略點頭後丟出。希望投好球時對方都呆站著，希望投三個壞球時對方都只打空氣；打空，氣。

析「空氣」為「空」、「氣」，指出因揮棒落空「打空氣」，導致當事者懊惱生氣。又〈過街〉《水邊》：

趕路的都趕不走路，路硬是在那裏把行人趕得臉都走樣了。

析「趕路」為「趕不走路」，「趕路」指行走，「趕不走路」中的「路」指實際道路。至於蕭蕭〈父王〉《來時路》：

父親不怕冷，不怕凍，不怕霜，再寒，也是赤著一雙大腳在田埂間來來去去。他常說：「沒衫會冷，我有一襲『正』皮的衫啊！」這樣開朗而幽默的話，當然多少也遺傳了一些給我，每次穿著那件仿製的皮外套，總有人問我是不是真的皮衣，我的答案斬釘截鐵：「真皮——」，相當肯定：「——真正塑膠皮。」

析「真皮」為「真正塑膠皮」，然此「皮」非彼「皮」，頗能雙關逗趣。又黃秋芳〈情婦〉《鏡頭中的詞境》：

春來的時候，陽光和風信把凍結的溫熱重新喚醒，花香十里、語鳥來歸，黃鸝兒鮮亮的毛羽，在脆脆清啼裏觸動了心中隱痛，心事繁絃、眾音起唱，低抑卻是清楚明白。語轉千回，仍只是敘說著坐愁紅顏的老故事。

其中「坐愁紅顏老」出自李白〈長干行〉。文內析為「坐愁紅顏的老故事」，將形容「紅顏」的「老」，轉為故事一再重演的「老」，確實能衍申歧義。

然而，運用析詞，有其極限。大抵析詞中之詞，以合義複詞為對象。至於衍聲複詞，兩個字代表一個意義（如「琵琶」、「蜘蛛」、「螳螂」、「玲瓏」等），有的則不宜析分。如歐陽修〈明妃曲和王介甫作〉云：

推手為琵卻手琶，胡人共聽亦咨嗟。

其中析「琵琶」為二，並非佳例。蓋「推手為琵」、「卻手琶」，並不合乎一般語法。猶似買一斤半「枇杷」，說成買一斤「枇」半斤「杷」，將讓人如墜五里霧中，不知所指。凡此，則為析詞❹時應確實釐清。

❹ 另參張春榮《一把文學的梯子·所追求的只是「完」而不是「美」——析詞》，頁八五—九三（爾雅，一九九三），張春榮《修辭行旅·亢龍有悔——談析詞㈡》，頁二七九—二八七（東大，一九九六）。

紅了櫻桃，綠了芭蕉

——轉品

宋蔣捷〈一剪梅・舟過吳江〉云：

一片春愁待酒澆，江上舟搖，樓上帘招。秋娘渡與泰娘橋，風又飄飄，雨又蕭蕭。

何日歸家洗客袍？銀字笙調，心字香燒。流光容易把人拋，紅了櫻桃，綠了芭蕉。

其中「紅了櫻桃，綠了芭蕉」二句，對句工整，尤以「紅」、「綠」二字一改「櫻桃紅了，芭蕉綠了」的寫法，化形容詞為致使動詞（「使櫻桃紅了，使芭蕉綠了」），一新耳目，活用詞性，寫景鮮麗，最為引人注目。似此詞性活用，即修辭上的「轉品」。

壹

轉品，亦稱「轉類」，係以文法觀念為基礎，為求簡潔或求突顯效果，超常運用詞性。以顏色字「紅」為例，詞性固定用法是形容詞、名詞。如「紅袖」、「紅顏」、「紅巾」等之「紅」為形容詞。而杜甫〈奉酬李都督表丈早春作〉：

> 紅入桃花嫩，青歸柳葉新。

〈雨過蘇端〉：

> 紅稠屋角花，碧委牆隅草。

其中「紅」（包括「青」、「碧」）為名詞。詩中為突顯視覺色澤印象，將顏色挪至最前，此即倒裝句法的運用。至於超常運用，兼及動詞。如趙翼〈野步〉：

> 最是秋風管閒事，紅他楓樹白人頭。

「紅他楓樹」即「使他楓樹變紅」（「白人頭」即「使人頭變白」），「紅」當致使動詞，增添「染紅」新義，則由文法邁向修辭。

以「綠」為例，張協〈雜詩〉：

> 浮陽映翠林，迴飆扇綠竹。

楊萬里〈閒居初夏午睡起〉：

> 梅子留酸軟齒牙，芭蕉分綠與窗紗。

「綠竹」之「綠」為形容詞，「芭蕉分綠」之「綠」為名詞。至於王安石〈泊船瓜州〉：

> 春風又綠江南岸，明月何時照我還。

「綠」一改常見的形容詞、名詞，活用當動詞❶，增添「染綠」、「綠化」的新義，獨樹

---

❶「綠」字當動詞，屢見唐詩。錢鍾書《宋詩選注》於王安石此詩有詳細說明。

一幟，已為修辭上一再援引的例證。後周密〈高陽臺〉詞：

> 東風漸綠西湖岸，雁已還，人未南歸。

其中「東風漸綠西湖岸」句法與「春風又綠江南岸」相似，應有所淵源。現代文學中，許達然〈榕樹與公路〉（《文季》第二卷第五期）：

> 小鎮不管怎樣著色，榕樹都堅持綠。綠給大家年輕的感覺，然而它比鎮上任何人都老，兩百多歲了。

第二個「綠」亦為形容詞當動詞用。張曉風〈眼神四則〉（《從你美麗的流域》）：

> 據說這種植物有個英文名字叫「流浪的猶太人」，只要你給他一口空氣，一撮乾土，他就堅持要活下去。至於水多水少向光背光，他根本不爭，並且彷彿曾經跟主人立過切結書似的，非殷殷實實的綠給你看不可！

余光中〈伐桂的前夕〉（《焚鶴人》）：

> 這樣出神地想著想著，在浸漬記憶的月光下，他覺得自己已成為一棵樹，綠其髮而青其肢，大地的乳汁逆他的血管而上，直達於他的心臟。

「綠」均當動詞（「青其肢」之「青」亦當動詞），展現句法的靈動鮮活。以「朱」為例，「朱顏」之「朱」為形容詞。而王安石〈壬辰寒食〉：

> 巾髮雪爭出，鏡顏朱早凋。

「朱」當名詞（「雪」亦名詞）。黃庭堅〈次韻通叟寄王文通〉：

心猶未死杯中物，春不能朱鏡裏顏。

「朱」則超常作動詞，為致動用法，增添「妝點」、「染紅」新義。意謂春天不能讓鏡子裏蒼白的容顏變紅，春天來時亦無法喚回頰上的青春。

以「青」為例，「青山」之「青」為形容詞。王安石〈書湖陰先生壁〉：

一水護田將綠繞，兩山排闥送青來。

「青」當名詞（「綠」亦名詞）。反觀余光中〈南太基〉（《望鄉的牧神》）：

天是一個琺瑯蓋子，海是一個瓷釉盒子，將我蓋在裏面，要將我咒成一個藍瘋子，青其面而藍其牙，再掀開蓋子時，連我的母親也認不出是我了。

「青」當動詞（「藍」亦動詞），形成簡潔文言句法。似此句法「青其面而藍其牙」，正與前「綠其髮而青其肢」相同。

以「白」為例，「李花白」的「白」是形容詞，杜甫〈悲青坂〉：

山雪河冰野蕭瑟，青是烽烟白人骨。

「白人骨」（即「白是人骨」，「是」承上省略）之「白」當名詞。至《史記・孫子吳起列傳》：

乃斫大樹，白而書之曰：「龐涓死於此樹之下。」

「白而書之」中「白」超常當動詞，意謂將大樹樹皮削白，於上寫字。又岳飛〈滿江紅〉下闋：

三十功名塵與土，八千里路雲和月。莫等閒、白了少年頭，空悲切。

「白了少年頭」即「使少年頭變白」，「白」當致使動詞。似此句法，和前「紅了櫻桃，綠了芭蕉」相同。由於顏色字後都加「了」，亦稱「附加字轉品」（黃麗貞《實用修辭學》，頁一〇九，國家）。

至於「藍」，現代詩中瘂弦〈出發〉（《深淵》）：

我們已經開了船。在黃銅色的
朽或不朽的太陽下，
在根本沒有所謂天使的風中，
海，藍給它自己看

其中「藍」當動詞。意謂藍藍的海無人賞識，只有靜靜呈現，自我欣賞。一片寂寥的情味悠悠揚起。

貳

詞性活用，以名詞、動詞、形容詞的超常，最能呈現字句修辭的藝術性。其中較常見的，大抵有三類：一是名詞當動詞，二是名詞當形容詞，三是形容詞當動詞。

一、名詞當動詞

白居易〈問劉十九〉：

> 晚來天欲雪，能飲一杯無？

「雪」兼類當動詞。包融〈武陵桃源送人〉：

> 先時見者為誰耶？源水今流桃復花。

「花」兼類當動詞，增添「花開」新義。余光中〈丹佛城——新西域的陽關〉（《焚鶴人》）：

> 身為畫家，國松既不吸煙，也不飲酒，甚至不勝啤酒，比我更清教。我常笑他不雲不雨，不成氣候。

「不雲不雨」中「雲」、「雨」均當動詞，指吸煙、飲酒。猶如一般所謂「不煙不酒」。張曉風〈愛情篇〉（《步下紅毯之後》）：

> 酢醬草勻分給兩岸相等的紅，鳥翼點給兩岸同樣的白，而秋來蒹葭露冷，給我以相似的蒼涼。

「點」（和「勻分」相對）當動詞，呈顯點點白色鳥翼與兩岸的關係。方瑜〈項羽〉（七十三年一月三日《中國時報》副刊）：

項羽、虞姬生死不移之至情，實在已足糞土王侯。相形之下，劉邦暮年和戚夫人相對而泣的場面，未免如螢火之對皎月了。

「糞土王侯」，「糞土」當動詞，為意動用法，即以王侯為糞土❷。簡媜〈卻忘所來徑〉《只緣身在此山中》：

那時，夜很黑，很悶，很熱，我的心有種淚不出的難過。

陳煌〈麵條歲月〉（見林錫嘉等《六六集》）：

父親的話語有點辛酸，有點無奈，還有點欲淚。

其中「淚」兼類當動詞，增添「淚滴」語意。余光中〈斷奶〉（《白玉苦瓜》）：

為了一張依稀的地圖
淚濕未乾的一張破圖
竟忘了感謝腳下這泥土
衣我，食我，屋我到壯年

其中「衣」、「屋」當動詞，為致動用法，使我有得穿、有得住之意。

---

❷ 金庸武俠小說《神雕俠侶》：「愛到極處，不但糞土王侯，天下的富貴榮華完全不放在心上。」

二、名詞當形容詞

名詞當形容詞，如趙雲〈從殘缺中求完整〉（《男孩・女孩和花》）：

無論他的人，他的文章，他的畫，都是那樣的北方！

王鼎鈞〈那樹〉（《情人眼》）：

入夜，毛毛細雨比貓步還輕，跌進樹葉裏匯成敲響路面的點點滴滴，洩漏了祕密，很濕、也很詩。

張拓蕪〈三斗三升芝麻官〉（《中國當代十大散文家選集》，源成）：

涇縣很土，沒有九段，沒有溫泉，有的只有水光山色。

亦耕〈兩好〉（《面對赤子》）：

他的運真的很背。

其中「北方」、「詩」、「土」、「背」均兼類當形容詞。又張拓蕪〈大夥兒的舊情人〉（《代馬輸卒外記》）：

我有一位朋友，一向道貌岸然，夫子得很，對於去那種地方，目為下流。

「夫子得很」（即「很夫子」之倒裝）中「夫子」亦當形容詞。

此外，鄭就遠〈日記〉（《幼獅文藝》第二五四期）：

使我好奇的是那些沒有日記的時候，每一個人那些不見於史冊的日子。想像中那些時刻都是不秋不冬不春不夏不晨不昏的，愛人沒有跟別人結婚，也沒有跟自己結婚。

詞聯「不秋不冬不春不夏不晨不昏」中，「秋」、「冬」、「春」、「夏」、「晨」、「昏」均兼類當形容詞，指那些時刻時間混淆，並非四季分明。余光中〈當我死時〉（《敲打樂》）：

當我死時，葬我，在長江與黃河
之間，枕我的頭顱，白髮蓋著黑土
在中國，最美最母親的國度
我便坦然睡去，睡整張大陸

其中「最母親的國度」，「母親」當形容詞，即最慈祥之意。

三、形容詞當動詞

形容詞當動詞，如沈靜〈甘蔗的故事〉（見林錫嘉等《六六集》）：

不同的外族插手糖業，都有相同的結果，那就是肥了外人，瘦了臺人。

蕭白〈雨又落在小路上〉（六十四年五月十八日《聯合報》副刊）：

今年還是第一次到溪邊看春水漲兩岸，瘦了沙灘，弱了青草，且吟著人生也如水去乎！

白辛〈三盞燈〉（《星帆》）：

我寧願自己和他們一般固執，說什麼，做什麼，反求諸己，如若不能誠，不能信，我們便綑綁起自己的手腳，徹底啞了自己的嗓子。

琦君〈課子記〉（《煙愁》）：

「你看你，像什麼樣子？」他爸爸忍不住罵他。

「我不要他歪，鉛筆自己會歪過去嘛。」他眼裏汪著淚水。

王鼎鈞〈戰爭壓力〉（《山裏山外》）：

佟克強總是敲著我的胸脯，等我支持到最後，胸膛不得不癟下去的時候再罵一句「活老百姓」。既然這是一種絕望的努力，我就扁著胸膛讓他打。

陳冠學〈岔罵〉（《父女對話》）：

「爸爸，我聞聞看。」

「不值得，髒了你的鼻子。」

其中「肥」、「瘦」、「弱」、「啞」、「汪」、「扁」、「髒」均兼類當動詞。即「使外人肥了，臺人瘦了」、「使沙灘瘦了，青草弱了」、「使自己的嗓子徹底啞了」、「使他眼裏淚水汪汪」、「使胸膛扁扁」、「使你的鼻子髒了」的字句修辭。又洛夫〈我與眼鏡〉（《洛夫隨筆》）：

其實在今天這繁榮富足，崇尚自由的社會中，銅臭與書香早已不成為人格的價值判斷了。富商巨賈固然可以筆挺其西裝，金邊其眼鏡，而教授學者乃至市井小民又何嘗不是如此。

其中「筆挺其西裝，金邊其眼鏡」之「筆挺」、「金邊」，均兼類當動詞。若不用此技巧，寫成「西裝筆挺，眼鏡金邊」，則句法平順，失去遒勁變化之語感。

參

活用詞性往往和重出技巧結合❸。如余光中〈蒲公英的歲月〉（《焚鶴人》）：

健忘的是風景。大悲劇之後山色猶青著清朝末年的青青，而除了此岸的鷓鴣無辜地咕呼彼岸的鷓鴣，四野沉沉，再也聽不見一聲驚惶的呼救。

其中「青」重出。第一個「青」為形容詞，轉品當動詞。蕭白〈撥弦者〉（《白屋手記》）：

一隻六弦琴撥出了一個餘暉滿天的傍晚，傍晚的夕照已爬上了廟前的戲臺，空寂的戲臺堆砌了更多空寂。

❸ 重出中，往往靈活運用重出字的各種詞性。如司馬中原〈握一把蒼涼〉：「一夜我立在露臺上望月，回首數十年，春也沒春過，秋也沒秋過，童稚的真純失卻了，只換得半生白白的冷。」其中「春」重出，第一個「春」指春天，當名詞；第二個「春」指青春、快樂等，當形容詞。底下「秋」亦為此等用法。

「空寂」重出。第二個「空寂」轉品當名詞。高大鵬〈感性文化的哀歌〉（《追尋》）：

> 對披頭的文化背景做一番通盤的檢討，對他們腳下的美學基礎做一番徹底的反省。同時也對我們幾十年來所受西方文化的影響做一番回顧與展望，庶幾在痛定思痛之餘，及時猛醒而不重蹈覆轍，庶幾使後之來者在緬懷前人遺烈之時不再悲哀我們現在的悲哀。

最後一句「悲哀」重出，第一個「悲哀」轉品當動詞。

其次，超常、活用詞性有時往往和省略相結合。張曉風〈色識〉（《玉想》）：

> 近人語言裏每以逗這個動詞當形容詞用，如云：「此人真逗！」，形容詞的逗有「絕妙好玩」的意思，如此說來，我也不妨說一句：「鬪彩真逗！」

其實，「逗」為「真逗趣」的簡化省略，以單字突顯語意❹。又如俗語「我要扁你」，「扁」形容詞當動詞，為「揍扁」的簡化省略。

唯活用詞性仍要入情合理，不可怪誕荒謬，令人無法接受。如瘂弦「海，藍給它自己看」❺，若仿擬為「飯，白給它自己吃」，雖說文法上解釋得通，然終屬想像中之不可能，窒礙不通。是故，王希杰謂：「詞性誤用，是沒有理由的失敗了的『轉品』」；轉品

---

❹ 一般俗語突顯語意，增強語氣，往往將複詞簡省成單字。如「再說，就把你斃了！」「斃」為「槍斃」之省；「你實在太遜了。」「遜」為「遜色」之省。

❺ 似此句例，可另參張春榮〈開發語言新感性〉（《文學創作的途徑》，爾雅，二〇〇三）。

則是有道理的藝術的成功的『誤用』。」（《修辭學導論》，浙江教育，一九九九），辨析詞性「誤用」（無理不妙）與「活用」（有理而妙）的差別、分際，值得注意❻。

❻ 另可參蕭蕭〈詞類的變化〉（《現代詩學》，一九八七，東大）、王昌煥〈利用「轉品」來創作〉（《明道文藝》三三二至三三五期）。至於英文中的轉品，可參顏藹珠、張春榮〈詞類變化〉（《英語修辭學㈡》，文鶴，一九九七）。

桃花潭水深千尺

——夸飾

壹

李白〈贈汪倫〉：

李白乘舟將欲行，忽聞岸上踏歌聲。桃花潭水深千尺，不及汪倫送我情。

整首詩，明朗輕快。三四兩句以空間的深度，描繪汪倫相送的真情。而「桃花潭水深千尺，不及汪倫送我情。」除了空間夸飾外，兼及較物，在在呈現辭格兼用的藝術性，意旨鮮明，使人動容。事實上，據張拓蕪〈三斗三升芝麻官〉（《中國當代十大散文家選集》，源成）所云：

那桃花潭是我縣的名勝。潭在城西，當然沒有千尺深，和「白髮三千丈」一樣，那是詩人的一種適度的誇張，同時也表達了涇縣人濃厚的人情味。

可見適度的夸飾，局部的變形，感受強度的真實，足以強化詩文造境之情趣。而如何靈活運用，則是本篇所擬探討。

貳

夸飾（又稱「誇張」），就題材對象而言，可分數目、時空、景物、知覺四類❶。一言以蔽，即語境的超常、變形。

一、數目

配合數目的夸飾，極為普遍。譬如在極誇數量之多上，以「千」為例：

1. 白髮三千丈，緣愁似箇長。（李白〈秋浦歌〉）
2. 後宮佳麗三千人，三千寵愛在一身。（白居易〈長恨歌〉）
3. 西風白髮三千丈，故國青山一萬重。（元好問〈寄楊飛卿〉）
4. 武松聽了，心頭那把無明業火高三千丈，沖破了青天。（《水滸傳》第三十回）
5. 心事天涯，三千丈清愁鬢髮，五十年春夢繁華。（喬吉〈折桂令〉）

---

❶ 沈謙分五類：空間、時間、物象、人情、數量（《修辭學》，空大，一九九五）、黃慶萱分四類：空間、時間、物象、人情（《修辭學》，三民，二〇〇二）。

6.寶玉呆了半晌，忽然大笑道：「任憑弱水三千，我只取一瓢飲。」（《紅樓夢》第九十一回）

以「萬」字為例：

1.呼兒將出換美酒，與爾同銷萬古愁。（李白〈將進酒〉）

2.烽火連三月，家書抵萬金。（杜甫〈春望〉）

3.群山萬壑赴荊門，生長明妃尚有村。（杜甫〈詠懷古跡五首之三〉）

4.一身去國六千里，萬死投荒十二年。（柳宗元〈別舍弟宗一〉）

5.萬里羈愁添白髮，一帆寒日過黃州。（陸游〈黃州〉）

進而「千」和「萬」組合，構成夸飾之語詞。如「千辛萬苦」、「千真萬確」、「千頭萬緒」、「千變萬化」、「成千上萬」、「萬紫千紅」、「千推萬阻」、「千巖萬壑」、「千秋萬世」、「千恩萬謝」、「千哄萬哄」、「千軍萬馬」、「千言萬語」、「千山萬水」、「千態萬狀」、「千叮萬嚀」、「千千萬萬」等。

至於現代詩文中以「千」、「萬」夸飾者，如：

1.德，即使當時你胸中摺疊著一千丈的愁煩，及至你站在瀑布面前，也會一瀉而盡了。（張曉風《曉風散文集‧到山中去》）

2.一頭濃髮不是帽子，三千丈糾結成一座愁城，牢籠了一生的自在，於是有人剃度，然

而能削盡植在心中的髮結嗎？（蕭白《摘雲集・摘雲篇》）

3.不！慢點慢點，我們還沒有為她裝扮好，我們要畫上慈悲眉，點著軟語唇，而三千秀絲得一一編成婦之足式。（簡媜《只緣身在此山中・鏡花》）

4.古代禪師每從喝茶啜粥去感悟眾生，不知羅馬街頭那端咖啡的侍者也有什麼要告訴我的，我多願自己也是一份千研萬磨後的香醇，並且慎重的斟在一只潔白溫暖的厚瓷杯裏，帶動一個美麗的清晨。（張曉風《從你美麗的流域・一句好話》）

5.好可愛的小不點兒，牠一定是剛到這個世界不久，瞧牠紅得那麼弱，步伐那麼輕細，只要我大力點兒呼吸，怕不把牠吹到十萬八千里遠才怪哩！（簡媜《水問・小紅蟲》）

此外，有的雖不用「千」、「萬」等數目，然仍形成夸飾者。如《金瓶梅》第十九回：

婦人道：「他拿甚麼來比你，你是個天，他是塊磚，你在三十三天之上，他在九十九地之下，休說你這等為人上之人，只你每日吃用稀奇之物，他在世幾百年還沒曾看見哩，他拿甚麼來比你？……」

傳說天有三十三層，地獄有十八層，此處以「九十九地之下」誇稱相距之大。張拓蕪〈通訊兵之什〉（《代馬輸卒續記》）：

一個班長是有很大威嚴的，班長有個班長的樣子，如今在自己班兵面前趴在地上挨了四十下，將來如何在部下面前神氣！打十八桶水也洗不淨今朝的滿面羞。

以「打十八桶水也洗不淨」形容滿面羞之多。又林雙不〈轉變〉（《一盞明燈》）：

曾經有過一個夏天，我天天穿同一件二十五元的圓領衫和一條補過的長褲去學校，氣得黃鶴最後不跟我講話。

「我是去教書，又不是去時裝表演。」

我這樣為自己辯護，黃鶴卻從牙縫迸出一句話：「一塊錢打四十八個結。」

俗語有「一塊錢打二十四個結」，形容一個人過於儉省，此處以「四十八個結」極稱節儉過頭了。

二、時　空

夸飾中的時空，與正常時空不同，其中往往經誇大而變形。如誇稱時間之速，有洛夫〈植物園小坐〉（《釀酒的石頭》）：

他對準自己的倒影
猛力把煙蒂向水面彈去
嗞的一聲
整個秋天便這樣過去了

〈木乃伊啟示錄〉（《月光房子》）：

冷氣森森的陳列室
好喜歡你那種
裝扮成不朽的樣子
你說今生太短
一舉步便跨過去了

藉「嗞的一聲」、「一舉步」之剎那，強調「秋天」、「今生」時間之快。而誇稱時間之長者，如顧肇森〈餐館一月〉(《驚艷》)：

他們雖不致當面拉長臉，但是只消一轉身，笑臉立刻凍結，彷彿已在埃及古墓裏擺了兩千年，變化之速，真令人嘆為觀止。

〈慢食之樂〉(《驚艷》)：

當年大學室友中不乏慢三拍，洗澡都得花半世紀。

以「在埃及古墓裏擺了兩千年」、「花半世紀」分別強調面部擺臭臉之既久且速、洗澡之久。

至於誇稱空間之小者，如司馬中原〈星圖〉(《雲上的聲音》)：

說星空遙遠麼?童稚期的記憶似乎更遙遠了。若干人的臉，如許的事物，逐漸沉黯下去，化為夢影。但一幅古老的星圖，仍然張掛在記憶的中心，明亮得似乎祇要踮起腳尖，便能摘下幾粒來把玩。

星空與人相距甚遠，「踮起腳尖，便能摘下幾粒來把玩」無疑以主觀感覺極度誇張距離之小。又顏元叔〈行走在狹巷裏〉（《人間煙火》）：

多少年輕人，特別是高中快要畢業，或者進了大學，雄野之心特強；要學外語嗎，英法德日俄一齊學；要選課程，文法理工最好都有一兩門；至於將來修博士學位，先修個數學博士，再修個文學博士，再修個哲學的「哲學博士」：既然唸，就唸博一點，唸廣一點。好像整個圖書館就放在他們的口袋裏。

「整個圖書館就放在他們的口袋」是空間縮小的誇張，強調口袋乾坤，充分形容年輕人追求知識的雄心壯志。何止是「兩腳書櫥」而已。又余光中〈長城謠〉（《白玉苦瓜》）：

長城要倒下來了啊長城長城
堞影下，一整夜悲號
喉嚨叫破血管
一腔熱
嘉峪關直濺到山海關

藉「喉嚨叫破血管」形容義憤填膺的嘶吼，並藉空間之誇張「一腔熱／嘉峪關直濺到山海關」極度形容，因嘉峪關在甘肅省酒泉縣西，山海關在河北省臨榆縣東門，中間隔著陝西、山西兩省之遙，顯然此以技巧強調內心沸騰之強度。

三、景　物

景物之夸飾，旨在將風景特徵與物象特質作盡其可能之形容，醒人耳目，增人閱讀趣味。

就風景而言，在色澤亮度上，習慣以「欲滴」、「欲流」加以描繪。如朱自清〈月朧朧，簾捲海棠紅〉（《朱自清全集》）：

葉嫩綠色，彷彿掐得出水似的；在月光中掩映著，微微有淺深之別。花正盛開，紅艷欲流；黃色的雄蕊歷歷的，閃閃的，襯托在叢綠之間，格外覺得嬌嬈了。

蕭白〈六月〉（《靈畫》）：

在這早晨，視線裏的藍空欲滴。當朱鸝鳥們飽餐了葡萄，便從木架上振翅起飛。

簡媜〈花之三疊〉（《水問》）：

走過一條小巷，有家人的圍牆上翻掛了油綠綠的一叢枝葉，開了半面牆的大黃花。我愣住了，前看後看一番，愈看愈像是一樹小太陽。塾著腳想數數到底圍牆內還有多少朵太陽？朵朵鮮黃欲滴的小太陽躺在腴葉鋪成的綠絨上，還猜得出當年的落姿。

其中「紅艷欲流」、「藍空欲滴」、「鮮黃欲滴」，均為相同句法。至於在風景質感亮度上，

余光中〈風吹西班牙〉(《隔水呼渡》):

若問西班牙給我的第一印象,立刻的回答是:乾。無論從法國坐火車南下,或是像我此刻從塞納維亞開車東行,那風景總是乾得能敲出聲來,不然,劃一根火柴也可以燒亮。

以「乾得能敲出聲」、「劃一根火柴也可以燒亮」形容風景之硬度及鮮明。就物性而言,洛夫〈歲末憾事〉(《一朵午荷》):

臺大人、師大人、政大人、輔大人,他們統統都是懷有力挽狂瀾的壯志的大人,大時代中頂天立地的好漢,站在午夜的寒風中,巍巍然如一柱一柱的鐵拳。一位嬌小的女生在指揮隊伍唱「中國一定強」,尖嫩的嗓音刺破了黑沉沉的天空,從夜色中爆出一陣熾熱的火花,熱得可以煮沸千噸的太平洋。

以「熱得可以煮沸千噸的太平洋」極稱火花之熱度。琦君〈與何英談食〉(《與我同車》):

我做獅子頭就是沒把握,有時很嫩很軟,有時卻可以當棒球,扔過牆還會蹦三蹦。

以「當棒球,扔過牆還會蹦三蹦」極稱獅子頭做得又老又硬。荊棘〈辣椒的季節〉(《荊棘裏的南瓜》):

〈辣椒〉有長達一尺的大金。有小到半個指頭的哈拉皮牛。有紅、黃、紫、綠各種顏色的。有稍帶辣氣而無辣味,意思一下的。也有一口咬下去,有火焰從你鼻孔噴出來的。

以「火焰從你鼻孔噴出來」極稱辣椒之辣。張拓蕪〈上海路那一段〉（《代馬輸卒續記》）：

他來時總是坐著他父親的黑色轎車，頭髮上的油蠟足以摔斷蒼蠅的大腿骨。

以「摔斷蒼蠅的大腿骨」極稱髮油之亮滑。王鼎鈞〈黑白是非〉（《海水天涯中國人》）：

巴拿馬給我的第一個印象是土地肥沃，油光光的紅土，充滿了生育的能力，真個是「插一根筷子下去都會發芽」。

以「插一根筷子下去都會發芽」極稱土地之肥沃。

四、知覺

就知覺主體，人的形象而言，如王鼎鈞〈天鵝蛋〉（《山裏山外》）：

另一個又黃又瘦，看樣子秋風一吹就倒，可巧名字就叫吳菊秋。

焦桐〈和肥胖賽跑〉（《我邂逅了一條毛毛蟲》）：

我覺得減肥很困難，便動了惻隱之心，這樣安慰他：「何況，瘦有什麼好？誰願意去抱一袋骨頭呢？」

藉「秋風一吹就倒」、「一袋骨頭」極稱人之瘦。以人之聲音而言，顏元叔〈曬太陽記〉（《人間煙火》）：

大兒子領著兩個弟弟，……然後，三個小搗蛋，一齊衝出院子的大門，呼哨的聲音，似乎使陽光也顫抖起來。

渡也〈花店〉（《永遠的蝴蝶》）：

「不！」

聲音抛得高高的，淒厲悲壯的一聲，直入雲霄，幾乎所有的落葉都不安地顫了一下。她賣力地推開他，推得遠遠的，離她五步。

愛亞〈恢恢〉（《愛亞極短篇》）：

正打算擦身過去，突然，一聲女子的尖叫，嚇得整條窄巷顫抖起來，女子中的一人緊緊抓住他的衣襟。

藉「使陽光也顫抖起來」、「所有的落葉都不安地顫了一下」、「嚇得整條窄巷顫抖起來」，極稱聲音之尖銳。又《儒林外史》第六回：

嚴貢生聽著，不耐煩道：「像這潑婦，真是小家子出身！我們鄉紳人家，那有這樣規矩？不要犯惱了我的性子，揪著頭髮，臭打一頓，登時叫媒人來領出發嫁！」趙氏越發哭喊起來，喊得半天雲裏都聽見……。

王鼎鈞〈最後一首詩〉（《左心房漩渦》）：

天起了涼風，他說這不干風的事。每逢上游有人痛哭，眼淚落在水裏，下游的水就喧嘩。他說。

林海音〈書桌〉（見《中國現代文學大系》，巨人）：

但是在兩天後他卻給我提出新的證明來，這一天他狂笑地捧著一本書，送到我面前：「看看這一段，原來別人也跟我有同感，事實是最好的證明！哈哈哈！」他的笑聲要衝破天花板。

藉「半天雲裏都聽見」、「下游的水就喧嘩」，極稱哭聲之大，「要衝破天花板」則形容笑聲之大。

至於以人之味覺而言，林清玄〈食家筆記〉（《迷路的雲》）：

有一回何振亞請酒席，梁妹整整忙了一天，每道菜都好到讓人嚼到舌頭。

又其〈菊花羹與桂花露〉（《鴛鴦香爐》）：

我吃了一大碗菊花羹，好吃得舌頭都要打結了。

藉「讓人嚼到舌頭」、「舌頭都要打結」極稱好吃之至。反之，琦君〈休假記〉（《煙愁》）：

當我八時半喝完喜酒回家，從前門進來，一開燈，見廚房裏滿地的舊衣服和空衣架，嚇得我舌頭打了結。奔上樓一看，衣櫥門大開，他的西服已全部不翼而飛。我渾身都軟癱了。

則藉「舌頭打了結」極稱驚嚇之至。此外，以人之視覺而言，簡媜〈茉草〉（《月娘照眠牀》）：

戰爭期間，孩子們一放學就沿家沿戶搜，一見到茉草，眼睛就會噴火，樂得比拿第一名還痛快。

藉「眼睛就會噴火」極稱找著時眼神之亮灼。至於張拓蕪〈朱唇崙舊事〉(《代馬輸卒續記》)：

我當然不能多要，我只要十五元便心滿意足，因為我需要買枝偉佛鋼筆；一枝十二元，剩下三元可以買瓶藍墨水。但是班長硬塞給我三十元。把三十元塞進枕頭裏，枕著它卻睡不著，幻想買這買那，幾乎可以買下半個地球來！

藉「買下半個地球」之誇張，幻想買下極多極多的物品。沈靜〈傳熱〉(《絕美》)：

當我和你父親相遇時，正是一個敗壞青春的女孩，喜歡把好的故意說成壞的，喜歡粉飾罪惡，用優裕的感傷誇大一切，有時悲觀得模擬各種悲慘的情緒，有時樂觀得自信一腳就可以把石子踢到天國去，對什麼事情總難有不偏不倚的想法。

藉「一腳就可以把石子踢到天國去」之誇張，強調極端樂觀。

參

綜上所述，可見夸飾重在極度渲染，塑造超乎事實的想像情境，駭人聽聞，掀起趣味。運用夸飾，首重合格、得體，掌握其基本原則，即《文心雕龍·夸飾》所云：

夸而有節，飾而不誣。

誇飾要能順應情意之表達，不可毫無節制，要能本於對象的屬性特徵，並且要合乎想像之可能，不可完全與事實背離。如顏元叔〈曬太陽記〉（《人間煙火》）：

妻還在吃早飯，我大叫：「把被窩拿出來曬。」她捧出來兩條厚棉被，往我身上一堆，逕自去了。……今晚不再有潮濕的感覺了；假使用什麼機器把棉被使力壓一壓，說不定可以壓出三兩斤水來。

謂濕的棉被「說不定可以壓出三兩斤水」自屬誇張筆法，其中「說不定」正是想像中之可能的猜測口吻。若逕直曰「一定可以壓出千萬噸水」，則與事實相距太遠，反成惡趣。又張愛玲《半生緣》：

曼楨倒嚇了一跳，看時，原來她把豆莢留在桌上，剝出來的豆子卻一顆顆的往下扔。她把臉都要紅破了，忙蹲下身去揀豆子。

以「把臉都要紅破」形容臉頰通紅得無以復加。其中「要」正點出「即將」而非事實。若改作「她的臉紅得流血了」，則將氾濫無歸，使人誤以為實情。凡此均為我們在運用誇飾時所當留意❷。

其次，誇飾除了單純、直接運用外，可以和其他辭格兼用（又稱「間接誇飾」、「兼格誇飾」），增強行文的藝術性，展現修辭的會通。如曹操〈短歌行〉：

---

❷ 參顏藹珠、張春榮《英語修辭學㈡》頁四九（文鶴，一九九七）。

對酒當歌，人生幾何？譬如朝露，去日若多。

其中以「朝露」譬喻「人生」，以「去日苦多」為喻解，極言時間逝去之快速，倏忽人間蒸發，消失無蹤。此即譬喻、夸飾兼用❸，又如曹雪芹《紅樓夢》第六回，劉老老勸狗兒道：

這倒也不然，……如今王府雖升了官兒，又怕二姑太太還認得咱們。你為什麼不去走動走動？或者他還念舊，有些好處，也未可知。只是他發點好心，拔根寒毛，比咱們的腰還壯呢。

其中「拔根寒毛，比咱們的腰還壯呢。」極言富貴親戚隨便施捨些什麼，對於貧窮人家而言則如獲至寶，似此夸飾充分顯露貧窮人家攀附富貴親戚的心理，透過劉老老嘴中說出，相當貼切。若將此句改成「拔根寒毛，比咱們的頭還壯」則遜色多了。因「寒毛」與「腰」有粗細之別，均屬直線；而「頭」屬圓形，若將「寒毛」與「頭」相比，則共通點消失，減弱原句夸飾之情趣。所謂「拔根寒毛，比咱們的腰還壯呢。」是較物❹、

---

❸ 可參董季棠《修辭析論》頁一二五（益智，一九八一）。

❹ 「較物」是「通過與另一事物的比較來突出強調本體事物，……把不同的事物加以形象的比較，從高下長短等方面去估量，以突出強調本體事物的修辭方式。」見黎運漢、張維耿《現代漢語修辭學》頁一三二（書林，一九九一）。

夸飾兼用。似此，藉由修辭會通，強化形象思維的感染力，既具體又鮮明對比，往往成為精彩解例❺，召喚讀者的眼睛。

❺ 陳正治《修辭學》頁一三七－一四〇（五南，二〇〇一），即整理夸飾與譬喻、轉化、借代、用典、婉曲、示現六種辭格兼用之例，值得觀摹、欣賞。

過盡千帆皆不是

——借代

壹

溫庭筠〈望江南〉：

梳洗罷，獨倚望江樓。過盡千帆皆不是，斜暉脈脈水悠悠，腸斷白蘋洲。

這是一首閨怨詞。詞中「過盡千帆皆不是」一句，取景極美，感慨極深。意謂女子倚樓遙望寬闊江面，片片白帆歸來，卻沒有自己心上人的熟悉船隻；收回視線，頓時跌入哀愁的深淵。

其中「千帆」二字，強調船的特徵，有如特寫鏡頭，引人注目。若將「千帆」改成「千船」則喪失局部特寫的具象效果。同樣的，李白〈送孟浩然之廣陵〉：「孤帆遠影碧空盡，惟見長江天際流。」將「帆」改成「船」（孤船遠影碧空盡），則亦過於沾實，未能靈動。似此以「帆」代「船」❶，突顯事物特徵的表達方式，即修辭上所稱的「借代」。

貳

借代的重點在「代」，在間接。運用與本體相關的事物來代替，可求行文鮮活生動，避免行文單調重複，增強文字的形象化，召喚婉曲的藝術性。其中最常見者有三類：一是以特徵代替本體，二是以部分代替全體，三是以具體代替抽象。

一、以特徵代替本體

以特徵代替本體，在古典詩文中遍拾即是。以男女容貌特徵而言，如「紅顏」❷（吳偉業〈圓圓曲〉：「慟哭六軍俱縞素，衝冠一怒為紅顏。」「紅顏」在此指陳圓圓）、「蛾眉」（白居易〈長恨歌〉：「六軍不發無奈何，宛轉蛾眉馬前死。」「蛾眉」即楊貴妃）、「皓齒」（李白〈于闐

---

❶ 以「帆」代船者，又如柳永〈夜半樂〉：「渡萬壑千巖，越溪深處，怒濤漸息，樵風乍起，更聞商旅相呼，片帆高舉。」李清照〈漁家傲〉：「天接雲濤連曉霧，星河欲轉千帆舞。」

❷ 「紅顏」亦可代指年輕男子。如李白〈贈孟浩然〉：「紅顏棄軒冕，白首臥松雲。」

採花〉：「自古妒蛾眉，胡沙埋皓齒。」），分指美麗女子。「鬚眉」（《紅樓夢》第一回：「我堂堂鬚眉，誠不若彼裙釵女子。」）指男子。「黃髮」（《漢書．息夫躬傳》：「思黃髮之言，名垂於後世。」）指老者，「垂髫」（陶潛〈桃花源記〉：「黃髮垂髫，悉如外人。」）指小孩。

若自服飾之特徵而言，有「紅袖」（晏幾道〈阮郎歸〉：「綠杯紅袖趁重陽，人情似故鄉。」）、「紅粉」（《古詩十九首》：「娥娥紅粉妝，纖纖出素手。」）指美女。「青衿」（《詩經．子衿》：「青青子衿，悠悠我心。」）指古代學子。「青衫」原指職位較卑之官員。（陸游〈真珠簾〉：「菰菜鱸魚都棄了，只換得青衫塵土。」）後指男士（沈復《浮生六記．閒情記趣》：「青衫紅袖，越阡度陌。」）。至於現代詩文，方瑜〈詩人．大樹〉（《昨夜微霜》）：

> 其實，子美早有自覺，只有歌詩才是自己安身立命的所在，「千秋萬歲名，寂寞身後事」，是期許太白，也是期許自己。但所以還想求官、求用，大概也只為那點不甘心吧！還沒有一試，就放棄，怎麼對得起這頂儒冠？

以「儒冠」❸指儒門學者。余光中〈松濤〉（《紫荊賦》）：

> 那樣天籟的耳福
> 無端端空山的即興曲
> 總是乘興而起，興盡而休

---

❸ 以「儒冠」借代者，源出杜甫〈奉贈韋左丞丈二十二韻〉：「紈袴不餓死，儒冠多誤身。」

那飛而去的仙袂與道髯
誰能夠挽留得住？

以「仙袂」、「道髯」，指成仙的道士。

二、以部分代替全體

在部分代替全體上，以人為例，往往以身上器官代替人。如余光中〈蒲公英的歲月〉《焚鶴人》：

擁擠的大教室裏，許多耳朵在咀嚼他的國語，許多眼睛有許多反光反映著他的眼睛。

渡也〈道光年間〉《落地生根》：

它在清朝喊了四十年
中國要鍛鍊身體
沒有一隻耳朵在聽

分別以「耳朵」代替學生、民眾。王鼎鈞〈山水〉《左心房漩渦》：

您要代筆的人嗎？有啊，我就是。我們就把來信的信封翻轉再造，從筆記本上撕紙，寫一些話去滿足那些依門依閭的眼睛，寫到夜深人靜，竟是邊寫邊哭，不知道自己是誰。

〈夜行〉《左心房漩渦》：

我愛散步，愛夜晚散步，愛看給夜色化過妝的草木人家。可是這裏不興夜間散步，這裏
管夜間散步叫遊蕩，要招引窗簾後面的眼睛。

林清玄〈看著世間的眼睛〉（《星月菩提》）：

佛陀的慈悲與智慧，可以說是帶領著世間行走的眼睛，可以說是照亮世間的眼睛。

均以「眼睛」代替人。瘂弦〈下午〉（《深淵》）結尾：

——墓中的牙齒能回答這些嗎？

星期一，星期二，星期三，所有的日子？

余光中〈致歐威爾〉（《紫荊賦》）：

隱隱地轉動。多少牛魂與馬鬼
被驅於一本紅書的符咒
用最新規定的正確語腔
來比賽說謊，看誰最逼真
牙齒剛咬住的真理，用舌頭否認

先後以「牙齒」代替墓中死者、牛魂馬鬼。余光中〈蛾眉戰爭〉（《隔水觀音》）：

當然是青山兩痕的隱隱
浮在江上，像漁歌的背景

最後是引來了滿朝的將軍
舌鋒挑起了劍鋒
美學演變成武學

以「舌鋒」代人，此處指美女（「劍鋒」代指戰爭）。曾麗華〈午餐時間〉（《流過的季節》）：

我想到這三年我似乎在很獨立的生活，有時候，這些獨立卻顯得多麼淺薄。但我知道我的離婚不只是跟一張臉說再見，而且是許多事物、許多選擇。

以「一張臉」代替一個人。淡瑩〈飲風的人〉（見大地詩社《大地之歌》，東大）：

那年
左肩剛披上秋色
右肩已落滿雪花及鄉愁

以「左肩」、「右肩」代替身上。並藉著「左」、「右」的對比，強調時間飛逝。夏菁〈雨中〉（《中國現代文學選集》第一卷，爾雅）：

在雨中，我們咒咀左腳，
安慰右腳。俯視現實的泥沼，
仰望空中的幻景。

分別以「左腳」、「右腳」代替自己。「左腳」是現實中身不由己的自身，「右腳」是懷有理想遠景的自身。吳魯芹〈記殘年三幸〉（《餘年集》）：

老骨頭晚歸，經不起一記悶棍，受不了攔劫的驚恐。

以「骨頭」代替人，「老骨頭」自然是老人。王鼎鈞〈我們的功課是化學作用〉（《左心房漩渦》）：

上帝為我們造手的時候說過，你不能永遠握緊拳頭。來，放鬆自己，回到人群，在人群中恢復精力。

以「拳頭」代替自身。「握緊拳頭」，自成繃得太緊的特寫意象。其他，自物體的組合成分觀之，李賀〈綠章封事〉：

金家香衖千輪鳴，
揚雄秋室無俗聲。

以「輪」代車。余光中〈進出〉（《紫荊賦》）：

所有的血都看見
所有的斷肢和血
從鴨綠江口到珠江口
從山海關頭到汕頭
太陽旗領著軍靴和馬蹄

和戰車的履帶公然地進出
整幅大陸是一張大罪狀

以「軍靴」代替軍人，「馬蹄」代替馬（「太陽旗」指日本）。又自書籍內涵觀之，白辛〈星光〉（《風樓》）：

同時從那所學校出來的同學，有的就高職去了，有的學法律去了，有的學醫去了，每個人都有一個十分可期的將來，只有我仍然守著教育的崗位，啃著之乎者也，宛若兩個沒有主顧的破攤子似的。

以「之乎者也」代替古籍。葉慶炳〈我說了些什麼〉（《暝色入高樓》）：

你放下詩云書曰，改行做人生以賺錢為目的的生意人，不失為識時務的俊傑。

以「詩云書曰」代替中文系書籍。

三、以具體代替抽象

以具體代替抽象，往往以身邊景物為之。如顏元叔〈神經滿枝椏〉（《玉生煙》）：

起初，他拒絕跟我打招呼，大概是痛惜自己墮落到這種田地，竟與外國人同室睡覺。經過好長一段時間，還是因為他要抽菸，向我借火柴，才把彼此之間的冰塊打破。

以「冰塊」替代冰冷的隔閡。邵僩〈友伴〉（《不要怕明天》）：

「你有朋友？」

「都星散了。」

「就是朋友，也好像中間隔了一面玻璃。」

以「玻璃」代替透明的距離。至於許達然〈稚〉（《遠方》）：

「真的嗎？」雖然你狐疑著，但畢竟笑了，從你含淚微笑的刹那，我覺得橫在我們中間的牆已除去。

席慕蓉〈成長的痕跡〉（《成長的痕跡》）：

每次在碰到那樣的時刻的時候，心裏就早已築起一座厚厚的牆，把最柔弱的一處保護起來，竭力使自己不要受傷。幾次之後，牆越築越厚，在日子久了以後，竟會忘了在自己的心中，曾經有過一處不能碰觸的弱點了。

則分別以「牆」代替疏離、冷漠。而焦桐〈商業地帶〉（《我邂逅了一條毛毛蟲》）：

人際間也有許多圍牆吧。有好多人，特別是曾經受過傷的人，為了維護可憐的內心世界，想盡辦法要把自己武裝起來，於是在人際間構築一道高牆，只留下一扇經常關閉的小門與外面交通。在我們呼吸與共的都市，觸目可見這種陰鬱厚重的高牆，門戶關上鐵窗，拚命把自己居住的所在打扮成監獄的模樣。

進一步自「高牆」的借代上，再加引申「留下一扇經常關閉的小門」、「門戶關上鐵窗」，顯現人際間的極度疏離。因此，蕭蕭〈布袋戲〉（《穿內褲的旗手》）：

人與人之間真的是橋太少而牆太多了，為什麼人總學不會「欣賞別人」呢？

林清玄〈形式〉（《迷路的雲》）：

我拿起一本書來看，裏面這樣寫著：

……

「人所以寂寞，是因為他們不去修牆，反而築牆。」

鍾玲〈小石城之晨〉（《赤足在草地上》）：

若是人們不把自己的心靈向彼此敞開，只為了些因襲的偏見而不接納對方的存在；若是人們只會在彼此之間砌牆，而無意於築橋；烏托邦、理想國將永遠只是幢幢空中樓閣。

分別以「牆」代替冷漠、閉塞，以「橋」代替溝通、開放，可說同嘆共慨，心有戚戚焉。對於生命中的諸多感觸，亦多以借代方式作具象化之描述。如陳寧貴〈吾家〉（見《傳熱》，聯經）：

是的，除了母親外誰在我的傷口加上一吻？當失望把我攻擊得體無完膚時，母親悄悄地來了，悄悄地把另一個希望塞在我的手中，還來不及道謝，她又悄悄地走了。

廖玉蕙〈背叛〉（《紫陌紅塵》）：

回家的路上，我一直杞人憂天的想著，這位可憐的男人將如何忍受顧客在他的傷口上，一次又一次灑著鹽巴？

分別以傷口上的「吻」代表安慰、體恤，傷口上的「鹽巴」，代表傷害、刺痛。另如張曉風〈我有〉（《曉風散文集》）：

我們的心敞開，為要迎一隻遠方的青鳥。可是撲進來的總是蝙蝠，而我們不肯關上它，我們仍然期待著青鳥。

以「蝙蝠」代替陰影、不愉快的經驗，以「青鳥」代替自由、光明的理念，並運用顏色（黑、青）鮮明對比。又蕭蕭〈太陽神的女兒〉（《太陽神的女兒》）：

溫書假的最後一天，你來，坐在陳老師的位子上，問我：生活真的那麼苦嗎？壓力不能減輕一些嗎？

你指的是我的忙和累。那時，我正為父親的結石而慌亂，無法挑選向陽而亮麗的那一片葉子回答你，竟然隨手塞給你一把苦澀的枯枝。

以「向陽而亮麗的那一片葉子」代表溫馨、光明的回答，「一把苦澀的枯枝」代表暗淡、灰冷的話語。值得注意的是，似此「借代」，很容易和「借喻」形成交集。因兩者均有間接、暗指的功能。唯一的差別在於，「借代」偏向相關性的聯想，「借喻」偏向相似性的聯想❹。

參

綜上所述，可知借代中「以特徵代替本體」、「以部分代替全體」，猶如電影特寫鏡頭之運用，用語鮮明，形成聚焦。如洛夫〈愛的辯證〉（《釀酒的石頭》）：

水深及膝
淹腹
一寸寸漫至喉嚨
浮在河面上的兩隻眼睛
仍炯炯然
望向一條青石小徑
兩耳傾聽裙帶撫過薊草的窸窣

其中第四行「浮在河面上的兩隻眼睛」，若不用借代，採取直述：「浮在河面上的他」，則句型平板，不能突顯底下「炯炯然／望向一條青石小徑」的企盼神采。

❹ 可參黃麗貞〈借代和借喻的區分〉（《實用修辭學》，頁九六，國家，二〇〇〇）。

至於「以具體代替抽象」，可避免過於抽象之弊。如陳若曦〈晶晶的生日〉（《尹縣長》）：

我雖在盛怒中，卻也可憐起他來，但憐憫的念頭剛一滋生，心底便敲起了警鐘。多少家長都說過了：一個小孩可以偷，可以搶，但不能犯政治錯誤！想到這裏，我狠了狠心，彎下了腰，用盡力氣打了他兩個巴掌。

文中「心底便敲起了警鐘」，若逕述為「心底便起了警戒」，雖說意思相同，但不如用「警鐘」借代，使文章有變化。

大抵借代以鮮活達意，增加行文生動變化之美為上。然運用時，仍須有所節制。設若處處借代，形同猜謎遊戲，遠非為文之正軌；偶一為之，反而能出其不意，使人觀之會心。其次，借代當求不即不離，形成語境的協調，有跡可尋，不宜過於隱晦。如簡媜〈四月裂帛〉（見《七十六年散文選》，九歌）：

你始終不願意稱我「簡媜」，說這二字太堅奇鏗鏘，帶了點刀兵，你寧願正正經經地寫下「敏媜」。

以「刀兵」代替激越之音、殺伐之氣。洛夫〈愛的辯證〉（《釀酒的石頭》）：

撐著那把
你我共過微雨黃昏的小傘
裝滿一口袋的

雲彩，以及小銅錢似的
叮噹的誓言

以「雲彩」代替往昔絢爛情景、溫馨記憶。似此變化運用，提供極佳示範❺。

最後，借代宜注意時代性、文化性。如古代多用「蛾眉」借代美麗女子，現今則多用「美眉」。又古代多用「皓齒」借代美麗女子，「稚齒」借代年幼孩童。反觀現今稱年幼的孩童為「幼齒」，則有輕挑、戲謔之意，不登大雅之堂，此須加注意❻。

---

❺ 另可參張春榮〈叫醒了所有的耳朵——談借代〉《修辭萬花筒》，頁四六—五〇，駱駝，一九九六）。

❻ 王希杰謂：「借代的運用必須接受一定的文化和心理的制約，必須有上下文和交際場景的幫助。例如說用『嘴巴』和『眼睛』代『人』，都只能在特定場景中才能具有積極的表達效果。」《修辭學導論》，頁一一四，浙江教育，一九九九）。

庭院深深幾許——頂真

壹

歐陽修〈蝶戀花〉❶云：

庭院深深深幾許？楊柳堆煙，簾幕無重數。玉勒雕鞍游冶處，樓高不見章臺路。　雨橫風狂三月暮，門掩黃昏，無計留春住。淚眼問花花不語，亂紅飛過鞦韆去。

其中「庭院深深深幾許」、「淚眼問花花不語」兩句，句中均運用頂真技巧，音節柔美，相當吸引人。尤其「庭院深深深幾許」一句，至今口維心誦，堪稱千古佳句❷。

事實上，「庭院深深深幾許」的修辭技巧有二。第一，「庭院深深」中的「深深」是

---

❶ 王國維《人間詞話》據四印齋本《陽春集》，引此首詞為馮延巳〈鵲踏枝〉。本文則據《歐陽修全集》卷五近體樂府〈蝶戀花〉其九。

❷ 李清照〈臨江仙〉首句即直接援引「庭院深深深幾許」入詞。

疊字（關於「疊字」請見下章），增長音節；第二，「庭院深深」和「深幾許」，用相同的字「深」銜接，是頂真。而藉著歐陽氏例句，我們可以分辨頂真和疊字。頂真和疊字外形完全相同，以「花花」為言，「春來世界真花花」中，「花花」二字連讀，當形容詞，係疊字；「淚眼問花花不語」，「花花」二字分讀，「淚眼問花」的「花」當賓語（受詞），「花不語」的「花」當主語（主詞），是頂真。兩者在文法上很容易辨知。

貳

頂真（又稱「頂針」、「聯珠」），旨在運用相同的字詞連接上下，使文句緊湊，義脈貫注，音節流利變化❸。而其中常見的形式可以自當句、句與句、段與段三方面分別言之。

一、當句

❸ 至若頂真修辭的音節效用，可自「庭院深深深幾許」一句觀之。於此，若將擔任頂真的第三字「深」換下，代以「長」字，改為「庭院深深長幾許」；雖說詞義相同，但原句音節上獨有的委婉韻味，則喪失殆盡。

當句內的頂真，不乏其例。以「花」為頂真者，計有歐陽修〈蝶戀花〉上闋：

照影摘花花似面，芳心只共絲爭亂。

蘇軾七絕〈述古聞之，明日即至，坐上復用前韻同賦〉：

太守問花花有語，為君零落為君開。

梁曾〈木蘭花慢〉：

問花花不語，為誰落，為誰開？

以及通用的對句：「有心栽花花不開，無心插柳柳成蔭。」另外，以「君」為頂真者，如：韋莊〈菩薩蠻〉：

凝恨對殘暉，憶君君不知。

馮延巳〈謁金門〉：

終日望君君不至，舉頭聞鵲喜。

基本上，當句內頂真可以看成句中省略一個逗號（「憶君君不知」、「終日望君君不至」，可以標成「憶君，君不知」、「終日望君，君不至」），而以相同字頂真，轉關銜接，形成頓挫變化。

現代文學作品中當句頂真的，有余光中〈南太基〉（《望鄉的牧神》）：

那淡淡的霧氛，要疊疊不攏，要牽牽不破，在無風的空中懸著一張光之網。

以「疊」、「牽」頂真。另如王鼎鈞〈看大〉《左心房漩渦》：

夢裏的流彈是斜風細雨雨打梨花花近高樓傷客心心隨流水先還家。

以「雨」、「花」、「心」頂真，並構成二十八字的長句。林清玄〈暖暖的歌〉《冷月鐘笛》：

我只希望在這個澄明的湖底輕泛著心靈的小舟，湖外有山山外有海海外有喧囂的世界，可是我不願去理會。

以「山」、「海」頂真，形成十六字的長句，呈現空間上由湖到山到海到世界的秩序。

二、句與句

句與句頂真形式，為頂真修辭的主流。運用相同字詞啟下承上，中間以標點符號分開，其形式為：

……A，A……

或以並列分行作：

……A，

A……

其中運用之妙，流轉文氣，可說層出不窮。以唐宋八大家韓、柳古文為例，韓愈〈師說〉：

1. 古之學者必有師。師者，所以傳道、授業、解惑也。

2.是故弟子不必不如師，師不必賢於弟子，聞道有先後，術業有專攻，如是而已。

兩段中均以「師」頂真。柳宗元〈始得西山宴遊記〉：

1.幽泉怪石，無遠不到，到則披草而坐，傾壺而醉。醉則更相枕以臥，臥而夢❹，意有所極，夢亦同趣。覺而起，起而歸。

2.蒼然暮色，自遠而至。至無所見，而猶不欲歸。心凝形釋，與萬化冥合。然後知余之未始遊，遊於是乎始。

第一段用四次（「到」、「醉」、「臥」、「起」），第三段用兩次（「至」、「遊」）頂真，可說大量運用此修辭格。

至於詩詞中，頂真例證亦比比皆是。如金昌緒〈春怨〉：

打起黃鶯兒，莫教枝上啼。啼時驚妾夢，不得到遼西。

以「啼」頂真。歐陽修〈啼鳥〉：

花開鳥語輒自醉，醉與花鳥為交朋。

以「醉」頂真。又如曹組〈卜算子〉下闋：

似共梅花語，尚有尋芳侶。著意聞時不肯香，香在無心處。

以「香」頂真。朱敦儒〈相見歡〉下闋：

❹ 據《柳河東集》有「臥而夢」三字。另有版本則無此三字。

人間事，如何是？去來休！自是不歸，歸去有誰留？

以「歸」頂真。

現代文學中，頂真的運用，相當普及。常和其他技巧（如疊字、回文、重出等）同時並用。以一次頂真的，到處可見。如陸蠡〈門與叩者〉（《陸蠡散文集》）：

在囂逐中緬思寂寞，寂寞中盼待變化，門啟時歡喜掩上，門掩後又希望開啟。

以「寂寞」頂真。張曉風〈不是遊記〉（《曉風散文集》）：

而二十年過去，結辮的小女孩已是母親，故國的路仍遙遠。山河漸碎，碎如淚，碎如不能再碎的心。

以「碎」頂真。余光中〈伐桂的前夕〉（《焚鶴人》）：

但你們也不能久留了啊！月光下，他對那桂樹說。今晚，是你最後的一夕芬芳，在永恆的月輝中，徐徐呼吸。然後你們就死去，去那老屋剛去的地方。

以「去」（第一和第二個）頂真，而「去那老屋剛去的地方」中的第二個「去」為類字重出。白辛〈在永恆的路上〉（《風樓》）：

只是，很少人能夠明白，他的歡笑就是他的淚，他的淚就是他的歡笑。

以「他的淚」頂真。又自兩句「歡笑」、「淚」的倒反相對而言，則為回文。至於新詩如洛夫〈愛的辯證〉（《釀酒的石頭》）：

我在橋下等你
等你從雨中奔來
河水暴漲
洶湧至腳，及腰，而將浸入驚呼的嘴
濛濛霧中，乃見你渺渺回眸
那時，我們將相遇
相遇，如兩朵雲無聲的撞擊

以「等你」頂真。鄭愁予〈採貝〉（《鄭愁予詩選集》）：

我感窮苦並不使人難過
難過的是時間對照和
空間對比

以「相遇」頂真。陳義芝〈川行即事〉（《新婚別》）：

以「難過」頂真。

此外，現代文學中亦有以二次頂真的例句，散文如梁實秋〈談時間〉（《雅舍小品》）：

我們每天撕一張日曆，日曆越來越薄，快要撕完的時候便不免瞿然以驚，驚的是又臨歲晚，假使我們把幾十冊日曆裝為合訂本，那便象徵我們的全部的生命，我們一頁一頁的往下扯，該是什麼樣的滋味呢？

以「日曆」、「驚」頂真。蕭白〈響在水中的水聲〉（《響在水中的水聲》）：

不錯，這個夜晚我想的就是這些，由水聲引出來的，耳朵裏還是水聲，水聲響著花花，花花地響遠去，你想不想？

以「水聲」、「花花」（疊字）頂真。張曉風〈許士林的獨白〉（《步下紅毯之後》）：

女子所愛的，不也是春天的湖山，山間的晴嵐，嵐中的萬紫千紅？

以「山」、「嵐」頂真。王鼎鈞〈看兵〉（《碎琉璃》）：

現在矛尖打磨得耀眼明亮，氣候雖然熱起來，矛尖上還掛著冰似的冷芒，冷芒加冷芒編成一張死白的網，網裏裝飾著盪漾著一汪一汪死亡。

以「冷芒」、「網」頂真。新詩如周夢蝶〈血與寂寞〉（七十八年七月十九日《聯合報》副刊）：

然而，有時又不免抱恨
世界太貴又太小
小到貴到不知該向何處去隱藏
隱藏我的孤寂——

以「小」、「隱藏」頂真。洛夫〈朗誦一首關於燈塔的詩〉（《月光房子》）：

一首被島上的燈塔

燈塔中的夢
夢中的晚潮
舉起而又輕輕放落的
詩

以「燈塔」、「夢」頂真。席慕蓉〈重逢之二〉（《七里香》）：

在生與死的分界前
他心中卻只有一個遺憾
遺憾今生再也不能
再也不能　與她相見

以「遺憾」、「再也不能」頂真，造成音義上的流利圓轉。

進而，以三次頂真，連綿構句的，散文如王鼎鈞〈失名〉（《左心房漩渦》）：

我接待你如捧一掬明珠，怕人看見，又實在無處收藏。在我眼中你是一團光，光裏有聲，聲裏有淚，淚裏有叮嚀。直到今日，那光仍在，那聲仍在，那淚仍在，叮嚀仍在。

以「光」、「聲」、「淚」頂真。張曉風〈林中雜想〉（《從你美麗的流域》）：

想想這世界真好，海邊苦熱的地方居然有一片木麻黃，木麻黃林下剛好有一張牀等我去躺，躺上去居然有千年前的施耐庵來為我講故事，故事裏的好漢又如此痛快可喜。

以「木麻黃」、「躺」、「故事」頂真。溫瑞安〈獨照〉（《中華文藝》第四十八期）：

> 那段醉而放歌，歌而擊劍，劍極論詩，詩極而醉的日子，你真是忘得了嗎？你真的走得如許灑脫嗎？真的是意想不到呵。

以「歌」、「劍」、「詩」頂真，無不使文章纍纍如貫珠，音義婉轉推衍，密而不脫。此外，超過三次頂真（如四次、五次）在詩文中亦有，不再詳舉❺。

三、段與段

段與段間的聯繫，亦可賴頂真相呼應。散文如楊牧〈山窗下〉（《葉珊散文集》）第八段：

> 而人的思想每分鐘每秒鐘都在錯亂，……你就會有一天突然在藝術和音樂和文學的領域裏迷醉，越沉越深越覺得生命的充實和空虛。

第九段：

> 生命的充實和空虛原是不容易說清楚的。……

---

❺ 頂真四次，如羅青〈鬼趣冊：歸〉：「警察局對面是教堂，教堂隔壁是酒家，酒家對面是書店，書店旁邊是餐館，餐館斜對面是醫院。」（《羅青散文集》）。五次，如林語堂〈來臺後二十四快事〉：「宅中有園，園中有屋，屋中有院，院中有樹，樹上見天，天上有月。不亦快哉！」（《中國現代文學大系》，巨人）

兩段以「生命的充實和空虛」頂真。林文義〈夜暗〉（《千手觀音》）第三段：

海平線整個都幽暗了下來，……因為夜暗能掩蓋去一切，包括你的淚水以及失去的舊愛。

第四段：

失去的舊愛？我反覆去唸著A的這句話，……

兩段以「失去的舊愛」頂真。張拓蕪〈南郭先生〉（《代馬輸卒續記》）：

老蕭說，……指指我說：「他可以。」

下一段：

可以就可以吧，……

則以「可以」頂真。至於新詩，各小節之間亦以頂真銜接。如余光中〈海魘〉（《與永恆拔河》）第一、二小節：

……

漣漪搖漣漪搖做水牀
防波堤，莫讓我醒來啊莫讓

莫讓我醒來，醒在外海

仍梳摧檣斷，風嘯雲亂裏

……

兩節間以「莫讓」頂真。楊牧〈行路難〉（《有人》）最後兩小節：

……

火車在出發，過渭水蜿蜒西旋

然而君不見

君不見長安城北渭橋邊

行人彳亍欲曉天，昔日

……

以「君不見」頂真。苦苓〈在故宮〉（《藍星》第十四期）二、三小節：

……

悻悻拿起板擦

用力抹去滿牆歷史

歷史已經抹去

僅有這些器物書畫能夠見證
……

以「歷史」頂真。至於余光中〈中元節〉（《蓮的聯想》）二、三小節：
　　伸冷冷的白臂，橋欄攔我
　　攔我撈李白的月亮
　　月光是幻，水中月是幻中幻，何況
　　今夕是中元，人和鬼一樣可憐
　　可憐，可憐七夕是碧落的神話
　　落在人間。中秋是人間的希望
　　寄在碧落。而中元
　　中元屬於黃泉，另一度空間

詩中兩小節以「可憐」頂真，第二小節內一、二行以「攔我」頂真，第三小節內三、四行以「中元」頂真，可說充分運用此修辭技巧。

論及運用，歷來頂真以相屬關係的呈現、進一步的衍申補充、結構的緊密見長。

參

一、相屬關係的呈現

相屬關係的呈現，最常見的為時間與空間的發展。時間上的銜接，如張拓蕪〈最平凡的傳奇〉（《代馬輸卒外記》）：

想想我們上一代、上一代的上一代，不都是這樣談戀愛的，我們無力創造一個新局面，也只好繼續傳統了。

以「上一代」頂真，將時間往前追溯（「上一代的上一代」內的「上一代」為重出）。王鼎鈞〈失名〉（《左心房漩渦》）：

我不知道那地方叫什麼名字，只記得那是中國。這以後，以後的以後，以後的以後還有以後，中國的事情人人知道，你的事情我不知道，我的事情你不知道。

以「以後」（第一次）、「以後的以後」（第二次）頂真，將時間推向未來，作更遙更遠的揣想。

空間上的銜接，如余光中〈塔〉（《逍遙遊》）：

就如此刻，山外是平原，平原之外是青山是青山。

〈丹佛城〉（《焚鶴人》）：

山的背後是平原是沙漠是海，海的那邊是島，島的那邊是大陸，舊大陸上是長城是漢時關秦時月。

分別以「平原」、「海」、「島」頂真，說明視覺中地理位置的認知與懷念；由近而遠，使人知其先後距離。林文月〈遙遠〉（《遙遠》）：

在那左右延伸而來的山巒之後，是灣外的海水；海水之外，更有遠山模糊；而在模糊的遠山之外，便是祖國的泥土。

以「海水」頂真，敘述眺望中的空間，由近山而海水而遠山而後為彼岸的大陸，自然展現排列的秩序。洛夫〈魚的系列〉（《月光房子》）：

深藏你以全部的水
海之外有湖
湖之外有河
河之外有沼澤
四岸無人

我開始垂下一根長長的繩。

以「湖」、「河」頂真，呈現由遠而近，由大而小（海→湖→河→沼澤）的空間。至如羅青〈橫貫冊：訪〉（《羅青散文集》）：

請注意啊！注意當你爬過大禹嶺，爬過我的鼻子；走上崎嶇的山道，走上我多皺紋的額角；那一定是黃昏以後的事了。請站在我的髮林旁邊，請往下看，看我的雙膝，看我雙膝上的右手，右手上華麗的梨山賓館是我玲瓏的古玩。

以「看」、「右手」頂真，敘述大禹嶺擬人化後，由上而下的空間排列（髮林→雙膝→右手→如古玩的梨山賓館）。又吳鳴〈井〉（《湖邊的沉思》）：

井上的木架繫著吊繩，吊繩上繫著木桶，木桶下是一方小小的寂寞的井。

以「吊繩」、「木桶」頂真，敘述井由上而下的裝設位置。

相屬關係除了明顯的時間、空間的推衍外，亦往往藉此技巧形成連鎖，構成循環關係。如張曉風〈遇〉（《再生緣》）：

忽然覺得分不清這三件事物：死、蟬殼以及正午陽光下亮得人眼眩的半透明的黃花。真的分不清蟬是花？花是死？死是蟬？我凝立著，不知自己遇見了什麼？

以「花」、「死」頂真（由蟬→花→死→蟬），由起點出發，最後又回到起點，正是圓形循環。羅青〈土木冊：遷〉（《羅青散文集》）：

不過即算這樣，不論搬到哪裏去，人跟房子，房子跟傢具，傢具跟人，總還是喜歡湊在一起，糾纏不清。

亦以「房子」、「傢具」頂真，說明「人」、「房子」、「傢具」三者互屬，密不可分。

二、進一步的衍申補充

進一步的衍申補充，往往以頂真轉關。如洛夫〈詮釋〉（《一朵午荷》）：

沿途遇到一些爬山的人，山中本來很靜，靜得幾乎可以聽到樹的年輪旋轉的聲音，但那些跟在背後的年輕人沒來由爆出一陣哄笑，對我造成一陣壓力。

以「靜」頂真，進而強調「靜得幾乎可以聽到樹的年輪旋轉的聲音」。張拓蕪〈艱辛的鴿子籠〉（《代馬輸卒外記》）中的對話：

「工程進行得太慢了吧？」

「慢工出細貨。」

「真是細，細得鋼筋只有小指頭粗。」

「再細它也是鋼筋，不叫鐵絲。」

第三句以「細」頂真，進而強調「細得鋼筋只有小指頭粗」。簡媜〈麗花，有你的信〉（《月娘照眠牀》）：

麗花直起身，她妹妹也浣罷一桶衣物，麗花拿起她桶內的一匹被單，擱在手臂上使力擰，

擰出一斤重的河水還給逝水。

以「擰」頂真，進而述說動作「夸飾」的結果：「擰出一斤重的河水」。王鼎鈞〈今古浮沉〉（《海水天涯中國人》）：

教堂仍是那麼美，美得令人想跪。

以「美」頂真，進而述說內心感受：「美得令人想跪」。蕭白〈摘雲集〉（《摘雲集》）：

我的樂，樂在一無所有，在一無所有中應有盡有。

以「樂」頂真，述說快樂的特質，正是「真空」（「一無所有」），進而以此頂真，再加說明補充「真空」的特性，其實蘊含「妙有」（「應有盡有」）。白萩〈雁〉（《天空的象徵》）：

前途只是一條地平線
逗引著我們
我們將緩緩地在追逐中死去，死去如
夕陽不知覺的冷去。仍然要飛行

先以「我們」頂真，繼而以「死去」頂真，並進一步以比喻「夕陽不知覺的冷去」說明死去的擬狀。洛夫〈蟋蟀之歌〉（《月光房子》）：

童年遙遙從上流漂來

今夜不在成都
鼾聲難成鄉愁
而耳邊唧唧不絕
不絕如一首千絲萬縷的歌

以「不絕」頂真，進而以比喻「一首千絲萬縷的歌」說明唧唧不絕的聲音。渡也〈嫌犯〉《落地生根》第三小節：

然而，我實在沒辦法消滅
消滅那藏在學生腦中心上
作弊的念頭

以動詞「消滅」頂真，進而補充說明「消滅」的對象。郭楓〈風〉《文學界》第二集）其中一小節：

你敲著每家的門窗
向人們傳送太陽的召喚
召喚人們走出屋子
去踏青，去聞一聞春天的氣息
去和鄰居們拉起手來

努力翻耕我們古老的土地

以「召喚」頂真，進而以「召喚」（第二個當動詞）展開一系列行為。

三、結構的緊密

行與行間的頂真，可以使文章結構更加緊密；敘述與對話、對話與獨白間的頂真，可以使情境的變化，有跡可尋。如許達然〈伏〉（《土》）：

「聽說有隻野狗進來了。」

「聽說牠昨夜在外面咬過人，小心！」

小心。共同的威脅使大家不只點頭而且開口。開口雖不一定關懷也使人覺得親切了。

以「小心」頂真，將對話（第二行）轉入認同的敘述（第三行）。白辛〈落幕〉（《星帆》）：

「真的要走？」

「當然。」

「我們，」他說：「我們都喜歡你的執著……」執著？我禁不住被看透的淚！不曾有人把我看得這樣赤裸。我究竟執著些什麼？無非信仰和原則！……

以「執著」頂真，亦由對話（第三行）轉入作者的自問自答。史玉琪〈火車就要開〉（七十二年二月二日《中華日報》副刊）：

> 老是這樣子，冬季裏懷念夏天，雨日裏冀望晴空，或者在繁漠的北城想南方，在安定的日子想流浪。流浪？許久不曾提這字眼，因為，畢竟是十七歲那年未了的情結，在驚來疾去的年歲裏，淌著餘溫。

以「流浪」頂真，同時藉由「流浪」的反問，蟬聯而下，敘述對這字眼的特殊情懷。又如許達然〈等，等等〉（《土》）：

> 他靜下來，摸摸肚子，又哭著餓。再也找不出哄騙的話，母親生氣了，給一個耳光，說餓了叫也無用，要他堅強。堅強？兒子似聽不懂，吃著沉默苦笑。母親苦笑。

以「堅強」頂真，由母親的訓斥，轉為兒子對「堅強」空洞意義的疑惑。反觀也斯〈太陽下山〉（《神話午餐》）：

> 離開的時候，在公共汽車外，天色已黑，外面盡是新亮起的燈。這帶給我們一陣生疏而又熟悉的感覺。新的燈光，新的燈光？我忽然感到一陣莫名的開心。

「新的燈光」承接上面的「新亮起的燈」，並以此頂真，作內心的獨白。凡此，均為單線的頂真銜接。唯作者為更求文句緊湊，更作雙線的聯繫。如韓愈〈原毀〉：

> 古之君子，其責己也重以周，其待人也輕以約；重以周，故不怠，輕以約，故人樂為善。

由「其責己也重以周」發展至「重以周，故不怠」，由「其待人也輕以約」發展至「輕以約，故人樂為善」，並提分承，可視為雙線頂真。舒元輿〈錄桃源畫記〉：

其水趣流，勢與江河同。有深而淥，淺而白；白者激石，淥者落鏡。

由「深而淥」至「淥者落鏡」，由「淺而白」至「白者激石」亦並提分承，交互銜接。至於現代散文，葉慶炳〈三上溪頭〉（《暝色入高樓》）：

他們對於分配房間的提議，使我們兩老欣然，也使我們兩老憮然。欣然於他們的長大，憮然於長大的孩子開始有了離父母而獨立的意願。

第二句末「欣然」和第四句銜接，第三句末的「憮然」和第五句銜接，形成雙綰。余光中〈沙田山居〉（《青青邊愁》）：

書齋外面是陽臺，陽臺外面是海，是山，海是碧湛湛的一灣，山是青鬱鬱的連環。山外有山，最遠的翠微淡成一裊青煙，忽焉似有，再顧若無，那便是大陸的莽莽蒼蒼了。

先以「陽臺」頂真，接著「海」、「山」並列，以「海」、「山」分承，再加補充描寫。蕭蕭〈燦顏〉（《美的激動》）：

極似出谷未經星霜，你的臉恆為璀璨，璀璨如星，璀璨如霜，如星的是盈盈自秋水而來的顏，如霜的是面，……

先以「璀璨」頂真，發展出「如星」、「如霜」的比喻，繼由此分承雙寫。吳鳴〈溫柔的母老虎〉（《結愛》）：

第一次在人前介紹翎君，說是我的妻子時，感覺真是微妙極了。說親是親，道陌生還真陌生，親的是人，陌生的是稱謂。

亦是雙寫雙承，由「親」、「陌生」分別銜接。凡此無不使文句結構謹嚴。

綜上所述，可見運用頂真的正途，旨在增益文章形式、音節之美。唯若只藉此以臻嬉笑怒罵之能，則誤走偏鋒。如今人有的好逞口舌，往往對人道：

你是我心目中的神，

而後停頓一下，接說：

神經病！

前後兩句以「神」銜接，正是頂真技巧。只不過如此戲謔，旨在博聽者噴笑，沒有什麼特別意義。

實質而言，頂真佳例貴於別具隻眼，抉幽發微，照見「人、物、事、理、景、情」間的相屬關係，組合出歷時性或共時性的「線性」變化，前後開展，衍生出井然有序、靈動妙轉的意境。換言之，精彩的頂真，注重實質內涵的深刻❻，並非「形式」上的文字遊戲而已。

❻ 似此句例練習，可參張春榮《國中國文修辭教學》，頁一九一（萬卷樓，二〇〇五）。

不盡長江滾滾來

——疊字

壹

杜甫〈登高〉：

風急天高猿嘯哀，渚清沙白鳥飛回。無邊落木蕭蕭下，不盡長江滾滾來。
萬里悲秋常作客，百年多病獨登臺。艱難苦恨繁霜鬢，潦倒新停濁酒杯。

人稱七律佳作。通篇筆法變化，盤旋有力。其中三、四兩句寫登高所見動態視野，蒼莽雄闊；尤其加上疊字摹神，將急風撼樹、大江翻湧不絕情境深刻描繪出來。

論及疊字，歷來運用非常頻繁。以「蕭蕭」為例，早見之《詩經》、《楚辭》：

1. 蕭蕭馬鳴，悠悠旆旌。（《詩經．車攻》）
2. 風颯颯兮木蕭蕭，思公子兮徒離憂。（《楚辭．山鬼》）

本於文學傳統，杜甫以「蕭蕭」描寫馬鳴：

車轔轔，馬蕭蕭，行人弓箭各在腰。〈〈兵車行〉〉

風雨之聲：

1.江風蕭蕭雲拂地，山木慘慘天欲雨。〈〈發閬中〉〉

2.片片水上雲，蕭蕭沙中雨。〈〈雨二首之一〉〉

及木搖葉落之聲（即「無邊落木蕭蕭下」）。至於「滾滾」，用以形容漩騰旋轉氣勢，杜詩中雖僅一見，然後來則經常出現。如蘇軾〈次韻前篇〉：

長江滾滾空自流，白髮紛紛寧少借。

辛棄疾〈水調歌頭〉：

君看簷外江水，滾滾自東流。

《三國演義》中〈西江月〉：

滾滾長江東逝水，浪花淘盡英雄。

觸目可見。當然「滾滾」還可作更廣泛運用。如「滾滾紅塵」、「黃沙滾滾」、「熱鬧滾滾」、「財源滾滾」、「言語滾滾」等。

描摹情境，勾勒物態，歷來莫不以疊字增強效果。底下試比較前人名句用不用疊字的差別。以〈登高〉詩句為例，不用疊字，寫成：

無邊落木蕭條下，不盡長江滾過來。

顯然喪失音節效果。尤其「不盡長江滾過來」一句，比起「不盡長江滾滾來」，可說粗俗不堪。另如柳永〈雨霖鈴〉詞中上闋結尾：

> 念去去千里煙波，暮靄沉沉楚天闊。

若不用疊字，寫成：

> 念前去千里煙波，暮靄昏沉楚天闊。

仍不如原句精彩。蓋「去去」能傳達出沉重別離心緒❶。用「前去」代替，則整句音節變弱。又如《紅樓夢》第二十八回：

> 寶釵因往日母親對王夫人曾提過金鎖是個和尚給的，等日後有玉的方可結為婚姻等語，所以總遠著寶玉；昨日見元春所賜的東西獨他與寶玉一樣，心裏越發沒意思起來。幸虧寶玉被一個黛玉纏綿住了，心心念念只惦記著黛玉，並不理論這事。

文中「心心念念只惦記著黛玉」，以疊字入句，音節相當委婉。若寫成「心裏頭只惦記著黛玉」，雖然意思相等，但疊字所形成的溫柔口吻亦消失無遺。

---

❶ 其他以「去去」疊字者，如「去去乘白駒，空山咏場藿。」（李白〈古風五十九首〉之四十五）、「陰精此淪惑，去去不足觀。」（李白〈古朗月行〉）、「去去事方急，酒行可以起。」（韓愈〈送石處士赴河陽幕〉）、「馬蕭蕭，人去去，隴雲愁。」（孫光憲〈酒泉子〉）、「去去倦尋路程，江陵舊事，何曾再問楊瓊。」（周邦彥〈綺寮怨〉）等。

貳

疊字的基本形式有四。

第一：aa

即同一字相疊。如「濛濛」、「盈盈」、「惻惻」、「淺淺」、「來來」、「細細」、「期期」、「依依」、「悠悠」、「幽幽」、「陰陰」、「深深」、「沉沉」、「迢迢」、「勞勞」、「條條」、「飄飄」、「浩浩」、「洋洋」、「蕩蕩」、「蒼蒼」、「茫茫」、「漠漠」、「綿綿」、「脈脈」、「淡淡」、「黯黯」、「慘慘」等。

唯此形式可擴大為aaa三次相疊，或aaaa四次相疊。前者如：

1. 行者笑道：「真個沒有，我問別處去救罷。」老君喝道：「去！去！去！」這大聖拽轉步，往前就走。（《西遊記》第三十九回）
2. 他他他，傷心辭漢主；我我我，攜手上河梁。他部從入窮荒，我鑾輿返咸陽。（馬致遠《漢宮秋》第三折〈梅花酒〉）
3. 孩子跑馬似的，樓上跑到樓下。蹬蹬蹬奔來，在門口張一張，又逃走了。（張愛玲《半生緣》）

4.你說好多嚜，先生。十七塊？加一塊，十八塊好了。又差一塊錢。好好好，十七塊就十七塊，請坐上來罷。（王文興《十五篇小說・大風》）

分別以「去」、「他」、「我」、「蹬」、「好」三次相疊，摹寫李老君催促、漢元帝送昭君出塞內心激昂、小孩快速奔下、三輪車夫答應之急促口吻。後者如：

1.我家門鈴不是普通一按就嗞嗞響的那種，也不是八音盒似的那樣叮叮噹噹的奏樂，而是一按就啾啾啾啾如鳥鳴。（梁實秋《雅舍散文一集・聾》）

2.百合謝了，不謝的是那天你抱百合衝進屋來的那份滿滿滿滿的感覺。（張曉風《我在・禮物》）

3.打開門一看，果然雨滿天滿樓，而且兜頭潑來一簇水跡。我再把門關緊，但是已關不緊雨音了。叮叮叮叮，似誰在低泣？（王定國《細雨菊花天・再相逢何處》）

4.你能設法

去靠一靠岸呵

那怕是輕輕輕輕的那麼

一靠（羅青《水稻之歌・愛情煙幕》）

以「啾」、「滿」、「叮」、「輕」四次相疊，摹寫門鈴聲、內心感受、雨聲、靠岸的方式。

第二：a b a b

即複詞（由ab兩個字組成）相疊。若以A代替ab，則為AA形式。如：「一片一片」、「大口大口」、「冰涼冰涼」、「轟隆轟隆」、「太多太多」、「考慮考慮」、「極少極少」、「再說再說」等。

而此形式可擴大為三次或四次相疊。前者如：

1. 高粱圍困我，封鎖我，我屈身在千重青萬重綠解不開掙不脫的包裹裏，跟世界隔絕。我懷疑我置身另一空間，永遠找不到三九支隊，也許等我衝出網羅，世界已經變了樣子，也許抗戰已經勝利，也許所有的游擊隊都已解甲歸田，也許根本沒有三九支隊，根本沒有抗戰，所有的只是高粱，高粱，高粱。（王鼎鈞《碎琉璃・青紗帳》）

2. 至少看得見自己的膚色由羞紅而退怯，知道老之將至，至少，最後有了自己的決定，將自己深深埋進大地，而後繼續下沉，下沉，下沉，看著離去的自己，臉上浮現著一絲藏青的黯然，也算是好的。（蕭蕭《太陽神的女兒・飛絮與飄萍》）

3. 後來在總圖旁邊，也看到了這種樹，而且更讓我吃驚。滿樹上淺、黃、白，一撮一撮一撮地，那麼奇奇妙妙，打從長眼睛也沒瞧過。（簡媜《水問・白千層》）

4. 廢炮怔怔地望著遠方
灰鴿子在草地上散步
含含糊糊的一種

訴苦，嘀咕嘀咕嘀咕

一整個下午的念珠

數來數去未數清（余光中《敲打樂・灰鴿子》）

分別三次重疊「高粱」、「下沉」、「一撮」、「嘀咕」，用以強調高粱之多，下沉之深，小撮之眾，及摹寫鴿子叫聲。後者如許達然〈亭仔腳〉（《土》）：

店員有時微笑著說來坐來坐，我們有時微笑著走進去，沒坐到椅子，就看到很多商品，商品商品商品商品，看夠了商品，我們走出來看人。

四次重疊「商品」，強調滿目皆是，應接不暇。

第三：a a b b

即將複詞（a b）兩字拆開而各自重疊。和第二式稍稍不同。如：「高高興興」、「歡歡喜喜」、「熱熱鬧鬧」、「孤孤單單」、「冷冷清清」、「陰陰沉沉」、「抽抽噎噎」、「扭扭捏捏」、「哭哭啼啼」、「支支吾吾」、「吞吞吐吐」、「平平安安」、「健健康康」、「快快樂樂」、「實實在在」、「堂堂正正」、「模模糊糊」、「恍恍惚惚」、「和和氣氣」、「重重疊疊」等。

第四：a b b

即在某字（a）後面加上疊字（b b）。如：「暖烘烘」、「暖洋洋」、「冷颼颼」、「冷冰冰」、「笑吟吟」、「笑嘻嘻」、「明晃晃」、「明亮亮」、「羞答答」、「羞怯怯」、「軟綿綿」、「軟趴趴」、「毛扎扎」、「毛茸茸」、「圓滾滾」、「圓團團」、「香噴噴」、「嬌滴滴」、「陰森森」、「陰惻惻」、「黑漆漆」、「黑黝黝」等。

參

疊字類型的運用，主要在並列結構及主從結構。

一、並列結構

行文中以兩組並列者，如：

1. 我總愛一個人縮坐在窄狹的小廚房中，唱唱歌，編編自演的故事，唱累說足，小手將泡菜罎蓋一掀，長長的豇豆就提溜起來了，咬咬嚼嚼品品嚥嚥，再來一片蘿蔔。（愛亞《喜歡・罎子及其他》）
2. 她們不認得我，我也不想表白，否則她們一定會驚呼。啊！你就是某某人的孩子？你那時不是瘦瘦高高，清清秀秀？怎會變得如此肥胖，滿頭白髮？（許振江〈家還〉，收入《七十四年散文選》，爾雅）
3. 小立街頭，人潮洶湧，但見匆匆忙忙、閒閒散散之輩，或急或徐，擦肩而過，如眾魚

之相忘於江湖，心頭怎不湧起塵緣的溫暖？（方瑜《昨夜微霜・逛街三昧》）

4. 一個卑微的小人物的戀愛故事原來就這樣沒有高低、起伏的，一切平平凡凡、寒寒傖傖。（張拓蕪《代馬輸卒外記》）

「咬咬嚼嚼品品嘸嘸」、「瘦瘦高高，清清秀秀」、「匆匆忙忙、閒閒散散」、「平平凡凡、寒寒傖傖」均屬第三式。而第四式的，如：

1. 胡雲皋把哥哥抱在馬背上騎著過癮，又把我的小手拉去放在馬嘴裏讓牠啃，牠用舌頭拌著、舔著，舔得濕漉漉、癢酥酥的，卻一點也不疼。（琦君《桂花雨・父親》）

2. 他用指甲去挖樹幹，挖掉表皮，裏面滑溜溜、黏答答，藏著生命的訊息。（王鼎鈞《碎琉璃・瞳孔裏的古城》）

3. 已經快五點半了，陰雲低壓的天色灰漠漠濕湫湫的，單憑電筒的弱光還撥不開地面的混沌。（余光中《隔水呼渡・龍坑有雨》）

「濕漉漉、癢酥酥」、「滑溜溜、黏答答」、「灰漠漠濕湫湫」均為此類並列。

至於以三組並列者，如：

1. 亞、非、中美等地棕黑皮膚的移民，給英國本地人不少頭痛事。說話手足舞蹈加上開放喧嚷是其中之一。是的，冷冷靜靜，陰陰沉沉，幽幽隱隱的不列顛男女老少，那裏吃得消赤道地帶原住民身上那股經由火烘烘和熱辣辣陽光烤出來的炎暑性輻射？

（梁錫華《明月與君同・英倫憶舊》）

2. 下雨了！我永遠忘不了那一路上四個小女孩摟摟擁擁擠擠推推又嘻嘻哈哈的快樂！我永遠也忘不了。（愛亞《喜歡・白雨衣》）

3. 做為一個以愛為職志的人，秋瑾是熱熱烈烈、深深切切、徹徹底底地愛過了；在歷史的長河裏，自許為水芝的她，果然以自己的一生，證實了她不是孤芳自賞、獨善其身的澤畔植物，而是確確實實高擎著理想、激濁揚清、以身殉道的一株水芝。（陳幸蕙《交會時互放的光亮・水芝》）

4. 或者，就任他枯萎，病黃，像暗了的天日，逐漸西沉的暮色，也還算是好的；筋力不知衰多少，總覺得墜落是另一種逍遙，就讓他恍恍惚惚，縹縹緲緲，空空蕩蕩，墜落下去。（蕭蕭《太陽神的女兒・飛絮與飄萍》）

文中皆屬第三式疊字之聯合運用。唯第一、第二例聯合運用，分別構成「主從結構」中的加語；而第四式三組並列者，如簡媜〈四月裂帛〉（收入《七十六年散文選》，九歌）：

半年來，我抗拒著再去看你，想迴向給你七七四十九遍的經誦終於不能盡讀，我壓抑每一絲絲一縷縷一角角關於你的掛念。

以「一絲絲一縷縷一角角」強調掛念之情。又王鼎鈞〈誰在戀愛〉（《山裏山外》）：

天氣真熱。脖子也會出汗，就像胸膛也會出汗一樣。兩處的汗水合流，心窩做了渠道，腰皮帶做了攔水壩。在束腰的地方，軍服吸收汗水，沉甸甸濕淋淋熱烘烘鹹津津有百般滋味。

則藉「沉甸甸濕淋淋熱烘烘鹹津津」第四式四組串聯，強調其中綜合滋味。

二、主從結構

在主從結構（加語＋的＋端語）短語中，疊字可為形容詞的加語。如：

1. 有一群歌聲伴著風琴飛來！是這社區幼稚園正唱起早安歌。嫩嫩、細細、尖尖的童音參差著，若天籟。（簡媜《只緣身在此山中・已飲閻浮提一切河水》）
2. 整個上午他去看了兩次信箱。空空的信箱給人的感覺不是飢餓，是一種很冷很冷的虛空。（羅英《盒裝的心情・晨間人偶》）
3. 家書或許不曾提到吧，你的父親不拄手杖或養狗，卻在院裏悄悄種起了蘭花。紅的花白的花，在閉門深居的歲月中，雖然隨著春天而鬧，喧騰中卻仍掩不住幾絲深深淺淺的孤獨。（王定國《隔水問相思・遲書》）
4. 她的臉蛋，不是圓月型，也不是瓜子型，我看見過一種樹葉子，圓一點太圓，尖一點太尖，她的臉就像那種樹葉子，我很喜歡那種樹葉子，所以我很喜歡她的臉。她的身上有一種溫馨馨、柔緲緲的氣息流向我，也是我所喜歡的。（藍振賢〈多情卻似總無情〉，見七十二年十二月十日《中央日報》晨鐘版）

其中「嫩嫩、細細、尖尖」（第一式）、「很冷很冷」（第二式）、「深深淺淺」（第三式）、「溫馨馨、柔緲緲」（第四式）均用以形容底下的端語。

同樣，疊字亦可作為名詞性端語。如：

1. 常想，去蘭陽一年，即使什麼也沒得到，只玩過一趟元山，只寫出一篇〈元山行〉，也夠了。何曾想到過，我在離開時，心裏充塞著的是滿滿的依依。（鄭明娳《葫蘆・再見》中〈元山行〉後記）

2. 回到堯水鄉下，與縣城相距遙遠，等於到了另外的一個世界；所以外間的一切一切，完全不知道，田園的安靜沒有受到半點干擾。（顏元叔《五十回首・回歸故里》）

3. 但湖中的驚人情節卻在水韮，水韮是水生蕨類，整場迴腸盪氣的生生死死全在湖面下悄然無息的進行。（張曉風《從你美麗的流域・動情二章》）

分別以「依依」（第一式）、「一切一切」（第二式）、「生生死死」（第三式）為端語。

此外，各式疊字往往綜合運用。如司馬中原〈霜花〉（《雲上的聲音》）：

霜花的美就有那麼強烈，一望無際的曠野上，它是唯一的主體，高高低低，遠遠近近，疏疏密密，一眼望去，盡是霜花，霜花和霜花……

以第二式「霜花」及第三式「高高低低，遠遠近近，疏疏密密」之三次相疊，製造音義效果。至於余光中〈山盟〉（《聽聽那冷雨》）第一段：

> 山在那上面等他。從一切曆書以前，峻峻然，巍巍然，從五行和八卦以前，就在上面等他了。樹在上面等他。從漢時雲秦時月從戰國的鼓聲以前，就在那上面。就在那上面等他了，虬虬蟠蟠，那原始森林。太陽，在那上面等他。赫赫洪洪荒荒。太陽就在玉山背後。新鑄的古銅鑼。噹地一聲轟響，天下就亮了。

則由第一式「峻峻」、「巍巍」，發展至第三式「虬虬蟠蟠」，再延伸至「赫赫洪洪荒荒」（由第一式「赫赫」與第三式「洪洪荒荒」組成），音節逐漸增長，情境愈醞釀愈強烈。又該書中〈南半球的冬天〉：

> 聽聽，那冷雨。看看，那冷雨。嗅嗅聞聞，那冷雨。舔舔吧那冷雨。雨在他的傘上這城市百萬人的傘上雨衣上屋上天線上雨下在基隆港在防波堤在海峽的船上，清明這季雨。雨是女性，應該最富於感性。雨氣空濛而迷幻，細細嗅嗅，清清爽爽新新，有一點薄荷的香味。

文內大量運用疊字「聽聽」、「看看」、「舔舔」（第一式）、「嗅嗅聞聞」、「細細嗅嗅」（第三式）、「清清爽爽新新」（第三式「清清爽爽」與第一式「新新」組成），用以製造連綿錯綜的散文節奏。

另外，運用疊字首應注意疊字音節造成情境之差異。

大體而言，聲母是舌尖音ㄗ（如「孜孜」、「吱吱」、「滋滋」）、ㄘ（如「嘈嘈」、「琮琮」、「慘慘」、「惻惻」）、ㄙ（如「絲絲」、「嘶嘶」、「瑣瑣」、「碎碎」），舌面音ㄐ（如「尖尖」、「津津」、「寂寂」、「嘰嘰」）、ㄑ（如「淒淒」、「悽悽」、「戚戚」、「切切」、「淺淺」、「區區」）、ㄒ（如「嘻嘻」、「兮兮」、「細細」、「小小」、「纖纖」、「屑屑」），較宜描寫細小或破碎的情境。執此以觀，李清照〈聲聲慢〉詞的疊字名句：

尋尋覓覓，冷冷清清，悽悽慘慘戚戚。

即迭用舌尖音ㄘ（「慘慘」），舌面音ㄑ（「清清」、「悽悽」、「戚戚」）、ㄒ（「尋尋」），描繪內心孤寂落寞的沉重情緒，尤其第三組疊字中「悽悽」與「戚戚」同音，更強調悲哀之旋律。

至於聲母是ㄇ（如「迷迷」、「漠漠」、「慢慢」、「冥冥」、「懵懵」、「暮暮」、「濛濛」、「渺渺」）、ㄨ（如「微微」、「嗚嗚」、「兀兀」、「嗡嗡」），適宜描寫昏昏、不明的情境。如杜甫：「蕭蕭古寒冷，漠漠秋雲低。」（〈秦州雜詩二十首〉之二）、「漠漠舊京遠，遲遲歸路賒。」(〈入喬口〉),分別以「漠漠」形容秋雲之陰沉,京路之迷茫。

相對的,韻母ㄤ(如「洋洋」、「泱泱」、「朗朗」、「滄滄」、「蒼蒼」、「莽莽」、「蕩蕩」、「盪盪」、「堂堂」、「茫茫」、「噹噹」、「昂昂」、「汪汪」),適宜描寫盛大、寬廣的情境。如樂府詩〈敕勒歌〉:「天蒼蒼,野茫茫,風吹草低見牛羊。」以「蒼蒼」形容天,以「茫茫」形容地,正寫出北方天地的寬廣視野。

其次,運用疊字當注意其間細微差異。以走路神態而言,《紅樓夢》第八回:

1. 話猶未了,林黛玉已搖搖的走進來。(甲戌本)

2. 話猶未了,林黛玉已搖搖擺擺的走進來。(程高本)

若考慮林黛玉弱不禁風,體力不支的模樣,當以「搖搖」較為傳神寫真。蓋「搖搖擺擺」比「搖搖」更具動感,用來描繪充滿活力、健康的女子較貼切。又吳趼人《廿年目睹之怪現狀》第八十五回:

慧卿才從房裏亭亭款款的出來。

「亭亭款款」姿態則又不同於「搖搖擺擺」。「亭亭款款」指身體挺直緩緩移步而出,非左右晃動般猛擺。至鍾曉陽《愛妻》:

一個女人嬝嬝娜娜地,和門外的風一同進來了。

「嬝嬝娜娜」則偏指細柔擺動身軀，又不同於「亭亭款款」。

又以描寫內心掛念而言，吳承恩《西遊記》中的疊字有「心心」、「念念」、「心心念念」。如第二十一回：

那師父紛紛淚落，心心只念著悟空。

第十回：

卻說那太宗夢醒後，念念在心。

第三十五回：

他就按落雲頭，拿著葫蘆，心心念念只是要救師父，又往蓮花洞口而來。

比起「心心」、「念念」，「心心念念」更能藉由音節相疊，傳達出牽掛之綿綿意態。又如袁瓊瓊〈糊塗歲月〉（《紅塵心事》）：

我去看他喜歡摟著椅背跟他說話，發癡的看著他頭上的髮路。黑黑的，毛扎扎，每根頭髮都是一個兵，筆挺的。

其中以「毛扎扎」說明筆直如兵的頭髮，相當生動。若改為「毛茸茸」，則完全不適合。因「毛茸茸」指多而細長，「毛扎扎」指硬直硬直，似此均應細加斟酌。

最後，運用疊字應注意和其他技巧之配合❶。

❶ 陳啟佑謂：「『類疊』往往潛匿在對偶、層遞、排比、頂真、回文、錯綜等修辭技藝中，存在

以疊字兼具回文技巧為例，如：

1.年年歲歲花相似，歲歲年年人不同。（劉希夷〈代白頭吟〉）

2.我們田莊囝仔活著的時候辛辛苦苦，死的時候也這麼苦苦辛辛，這還有什麼天道？（陳恆嘉〈愁〉，見七十一年九月八日《中國時報》副刊）

其中「年年歲歲」、「歲歲年年」，「辛辛苦苦」、「苦苦辛辛」均具回文形式。又如：

1.話又說回來，在這種場合，真真假假，假假真真，誰又在乎？（林文義《撫琴人・姊妹們》）

2.我寧願住在山山水水、水水山山的小地方，看夕陽下山，看夕陽落在山後。（子敏〈火車〉，見張曉風編《有情天地》）

其中「真真假假，假假真真」、「山山水水、水水山山」除回文形式外，兼具頂真技巧。

復以疊字兼及排比技巧為例。如：

1.一個人的心如果澄淨了，就能日日是好日，夜夜是清宵，處處是福地，法法是善法，那麼，還有什麼能迷惑、染著我們呢？（林清玄《星月菩提・心的影子》）

2.因為其（指人生）變更是漸進的，一年一年地，一月一月地，一時一時地，一分一分

面格外廣泛，委實為最基本最常見的修辭格之一。」（《新詩形式設計的美學》，頁一，台灣詩學季刊，一九九三）

地，一秒一秒地漸進，猶如從斜度極緩的長遠的山坡上走下來，使人不察其遞降的痕跡，不見其各階段的境界。（豐子愷《豐子愷散文集・漸》）

3. 偶然間心似繾，梅樹邊。這般花花草草由人戀，生生死死隨人願，便酸酸楚楚無人怨。（湯顯祖《牡丹亭》第十二齣尋夢〈江兒水〉）

4. 雞鳴時、萬事無休歇。何年是徹！看密匝匝蟻排兵，亂紛紛蜂釀蜜，急攘攘蠅爭血。（馬致遠〈雙調・夜行船〉〔離亭宴煞〕）

其中「日日」、「夜夜」、「處處」、「法法」（第一式），「一年一年」、「一月一月」、「一時一時」、「一分一分」、「一秒一秒」（第二式），「花花草草」、「生生死死」、「酸酸楚楚」（第三式），「密匝匝」、「亂紛紛」、「急攘攘」（第四式），均以排比形式，強化節奏，形成更活潑、更細膩、更繁複的育樂性。

由此觀之，運用疊字，描摹神態，注意細節，最能兼及「聲文」與「情文」，讓音樂性與意義性❷相互結合，呈現字句修辭之美。而如何適切運用，深度結合；馳騁書寫的美感經驗，展現語言文字的藝術，永遠是沽心煮字的挑戰，值得關注。

❷ 可參竺家寧〈聲韻學知識與文學賞析〉（《語言風格與文學韻律》，五南，二〇〇一）、蔡宗陽〈論修辭與聲韻的關係〉（《修辭學探微》，文史哲，二〇〇一）、蔡謀芳〈綜合性辭格㈢節奏〉（《修辭格教本》，學生，二〇〇三）。

自歌自舞自開懷

——類字

朱敦儒〈西江月〉：

日日深杯酒滿，朝朝小圃花開。自歌自舞自開懷，且喜無拘無束。　青史幾番春夢，紅塵多少奇才？不須計較更安排，領取而今現在。

詞中珍視當前，不緬懷既往，不奢望未來，活活潑潑面對生命的一切。尤其「自」字、「無」字的重出，更展現自我作主的開朗。

似此同字的反複，乍看之下，彷彿囉嗦；但一再強調，特顯精神；揭示主體性的悠然自得，鳶飛魚躍。

壹

類字（又稱「隔離反複❶」），係指字或詞的重複出現，但當中必須用其他字隔開。

❶ 黃慶萱所稱「類疊」，大陸多稱「反複」。「接連反複」即疊字，貴於疊字摹神；「間隔反複」即類字，貴於類字逞能。

歷來行文，莫不藉此技巧，加強語勢，突顯音節之美；進而拈出關鍵字詞，貫串整體，形成先後照應。其常見形式有二：一為句內類字重出，一為隔句類字重出。

一、句內類字重出

句內類字重出，最少要有三個字，如「聖益聖，愚益愚」（韓愈〈師說〉）、「人其人，火其書，廬其居」（韓愈〈原道〉），以「聖」、「愚」、「人」重出。而句內類字重出的現象，非常普遍，以四言為例，其構成形式有三。

(一) ABAC❷

第一、三字重出。如「若垤若穴」（柳宗元〈始得西山宴遊記〉）、「不衫不履」（杜光庭〈虬髯客傳〉），以「若」、「不」重出。

---

❷ 似此語詞，極為常見。如：「同衾同穴」、「亦莊亦諧」、「自生自滅」、「可大可小」、「土生土長」、「若斷若續」、「年頭年尾」、「有情有義」、「無牽無掛」、「沒完沒了」、「不痛不癢」、「人前人後」、「所見所聞」、「大紅大紫」、「半信半疑」、「吠形吠聲」、「惡形惡狀」、「山南山北」、「美輪美奐」、「小門小戶」、「捏手捏腳」、「仁心仁術」、「載歌載舞」、「賊頭賊腦」、「笨手笨腳」、「百依百順」、「十全十美」、「一飲一啄」等。

(二)ABCB❸

第二、四字重出。如「各親其親，各子其子」（《禮記・禮運》）、「念茲在茲」（《尚書・大禹謨》），以「親」、「子」、「茲」重出。

(三)ABCA❹

第一、四字重出。如「聞所不聞，見所不見」（《法言・淵騫》）、「玄之又玄」（《老子》第一章），以「聞」、「見」、「玄」重出。

此外古典詩詞中，不管五言或七言，亦多以類字重出特逞音義之能事。以「自」為例，七言構句如：

❸ 似此語詞，如：「欲語不語」、「人云亦云」、「自助人助」、「種瓜得瓜」、「樹在人在」、「劍亡人亡」、「有意無意」、「能省就省」、「說走就走」、「將錯就錯」、「以毒攻毒」、「一了百了」、「千年萬年」、「靠山吃山」、「靠水吃水」、「有仇報仇」、「心正筆正」、「舊雨今雨」、「口服心服」、「求仁得仁」、「說長不長」、「求生不生」、「應有盡有」、「嫁雞隨雞」、「七老八老」、「就事論事」、「無用之用」等。

❹ 似此語詞，如：「山不是山」、「來者自來」、「鳴者自鳴」、「深者窺深」、「靜者恆靜」、「動者恆動」、「清者自清」、「濁者自濁」、「仁者見仁」、「智者見智」、「人外有人」、「天外有天」、「話中有話」、「親上加親」、「難上加難」、「為所欲為」、「忍無可忍」、「聞所未聞」、「見所未見」、「微乎其微」、「頭痛醫頭」、「痛定思痛」等。

1. 前回共採芙蓉處，風自淒淒月自明。（朱敦儒〈鷓鴣天〉）
2. 花自飄零水自流，一種相思，兩處閒愁。（李清照〈一剪梅〉）
3. 花魂鳥魂總難留，鳥自無言花自愁。（《紅樓夢》林黛玉〈葬花詞〉）

均為「自」兩次重出。至如「漸」在七言句內：

1. 離愁漸遠漸無窮，迢迢不斷如春水。（歐陽修〈踏莎行〉）
2. 漸行漸遠漸無書，水闊魚沉何處問？（歐陽修〈木蘭花〉）

第一例「漸」為兩次重出，第二例則為三次。另如以「是」為例：

1. 四山矗矗野田田，近是人烟遠是邨。（洪炎〈四月二十三日晚同太沖表之公實野步〉）
2. 中有話綢繆，燈火簾鉤，是仙是幻是溫柔。（龔自珍〈浪淘沙〉）

第一例句中「是」兩次重出，第二例句中「是」三次。大抵，單句中重出，以三次重出為極致。如：

1. 老吾老以及人之老，幼吾幼以及人之幼。（《孟子．梁惠王》）
2. 愛琴愛酒愛詩客，多賤多窮多苦辛。（白居易〈詩酒琴人例多薄命予酷好三事雅當此科而所得已多為幸斯甚偶成狂詠聊寫愧懷〉）
3. 多情多感仍多病，多景樓中。（蘇軾〈採桑子〉）
4. 獨行獨坐，獨唱獨酬還獨臥。（朱淑貞〈減字花木蘭〉）

5.此夜此歌如此酒，長安月色好誰看？（汪元量〈潮州歌〉）

句內分別以「老」、「幼」、「愛」、「多」、「獨」、「此」三次重出（若自隔句重出言之，「多」則計四次，「獨」計五次），增強音節❺。此外，七言句中三組不同字重出，亦窮極七言音節之變化。如林洪〈西湖〉七絕：

山外青山樓外樓，西湖歌舞幾時休。

第一句中分別重出「山」、「外」、「樓」三字，音節極其瀏亮。

二、隔句類字重出

隔句類字重出，包括散筆、對句及排比間所造成的重出。散筆，係指單行散句，不講對仗；其間一氣流轉，字詞重出。如司馬遷《史記・呂不韋列傳》：

夫以色事人者，色衰而愛弛。

「色」字重出。歐陽修〈梅聖俞詩集序〉：

---

❺ 歷來類字重出技巧，旨在運用相同字音迭現，增進音節效果。即以「自歌自舞自開懷」為例。如「吾歌獨舞自開懷」未運用重出，則不如「自歌獨舞自開懷」音節來得流利。「我歌自舞吾開懷」亦不如「自歌自舞吾開懷」音節的和諧。

蓋愈窮則愈工。然則非詩之能窮人，殆窮者而後工也。

「窮」（三次）、「工」（二次）隔句重出（至於「愈」為當句重出）。袁中道〈陳無益寄生篇序〉：

心機震撼之後，靈機逼極而通，而知慧生焉。

「機」、「而」隔句重出。鍾惺〈與陳眉公〉：

朋友相見極是難事。鄙意又以為不患不相見，患相見之無益耳。

「相見」（三次）、「患」（兩次）隔句重出（至於「不」為當句重出）。詩詞中，如李商隱〈無題〉：

劉郎已恨蓬山遠，更隔蓬山一萬重。

歐陽修〈踏莎行〉：

平蕪盡處是春山，行人更在春山外。

分別以「蓬山」、「春山」重出，強調空間的距離。至於崔顥〈黃鶴樓〉：

昔人已乘黃鶴去，此地空餘黃鶴樓。

黃鶴一去不復返，白雲千載空悠悠。

以「黃鶴」（三次）、「空」（二次）重出，使音節貫串，感慨加深。

對句，以兩兩相對句型出現，其中往往字詞重出。如以「有」為動詞的對句：

1. 有德者必有言，有言者不必有德。（《論語・憲問》）
2. 有大人之事，有小人之事。（《孟子・滕文公》）
3. 物有本末，事有終始。（《禮記・大學》）
4. 男有分，女有歸。（《禮記・禮運》）
5. 臨淵有懷沙之志，吟澤有憔悴之容。（蕭統《文選》序）
6. 荊軻有寒水之悲，蘇武有秋風之別。（庾信〈小園賦〉）
7. 上有六龍迴日之高標，下有衝波逆折之迴川。（李白〈蜀道難〉）
8. 有耳莫洗潁川水，有口莫食首陽厥。（李白〈行路難〉）
9. 聞道有先後，術業有專攻。（韓愈〈師說〉）

均以「有」字重出（有的兼及「者」、「必」、「人」、「之」、「事」、「莫」重出）。相對的，以「無」為動詞之對句：

1. 大車無輗，小車無軏。（《論語・為政》）
2. 內無怨女，外無曠夫。（《孟子・梁惠王》）
3. 無草不死，無木不萎。（《詩經・谷風》）
4. 無欲而好仁者，無畏而惡不仁者，天下一人而已矣。（《禮記・表記》）
5. 是使國無富利之資，而秦無彊大之名也。（李斯〈諫逐客書〉）

6. 外無期功強近之親，內無應門五尺之童。（李密〈陳情表〉）
7. 草無忘憂之意，花無長樂之心。（庾信〈小園賦〉）
8. 某氏室無完器，椸無完衣。（柳宗元〈三戒〉）

均以「無」重出（有的兼及「車」、「不」、「而」、「仁」、「者」、「之」、「完」的同時重出）。

至於排比，則為三句以上相同句型之並列呈現。以「有」、「有所」為例：

1. 教以人倫：父子有親，君臣有義，夫婦有別，長幼有序，朋友有信。（《孟子・滕文公》）
2. 然才有庸儁，氣有剛柔，學有淺深，習有雅鄭，並情性所鑠，陶染所凝。（《文心雕龍・體性》）
3. 使老有所終，壯有所用，幼有所長。（《禮記・禮運》）
4. 夫尺有所短，寸有所長；物有所不足，智有所不明；數有所不逮，神有所不通。（《楚辭・漁父》）

分別重出「有」、「有所」三次以上，構成排比。以「無」為例。如：

1. 至人無己，神人無功，聖人無名。（《莊子・逍遙遊》）
2. 無窮官柳，無情畫舸，無根行客。南山尚相送，只高城人隔。（晁補之〈憶少年〉）

均三次重出「無」（第一例並三次重出「人」）。以「而」為例，如：

1. 足將進而趦趄，口將言而囁嚅，處汙穢而不羞，觸刑辟而誅戮。（韓愈〈送李愿歸盤谷

序〉）

2.熙然而歌，婆然而舞，持頤而笑，瞪目而倨，不知日之入。（柳宗元〈陪永州崔使君遊宴南池序〉）

3.吾年未四十，而視茫茫，而髮蒼蒼，而齒牙動搖。（韓愈〈祭十二郎文〉）

4.而貪饕退縮者，果驤首而上騰、而富貴、而名譽、而老健不死，此其可為浩嘆者也。（曾國藩〈復彭麗生書〉）

分別重出連詞「而」三次以上。凡此即隔句重出之概況。

事實上，當句及隔句重出經常交互運用。如：

1.信如君不君，臣不臣，父不父，子不子，雖有粟，吾得而食諸？（《論語．顏淵》）

2.可以速而速，可以久而久，可以處而處，可以仕而仕，孔子也。（《孟子．萬章》）

3.雖然，歌而非歌，哭而非哭，樂而非樂，是果類乎？（《莊子．天下》）

第一例分別以「君」、「臣」、「父」、「子」當句重出，「不」隔句重出四次；第二例「速」、「久」、「處」、「仕」分別當句重出，「可以」、「而」則各重出四次；第三例「歌」、「哭」、「樂」分別當句重出，「而非」則隔句三次重出。又：

1.念劉備、關羽、張飛，雖然異姓，既結為兄弟，則同心協力，救困扶危；上報國家，下安黎庶；不求同年同月同日生，但願同年同月同日死。（《三國演義》第一回）

2.寡與人合，間數月，竟無至門者，獨往獨來，獨處獨坐，獨行獨吟，獨笑獨哭。抱貧愁居，與時為仇。（鄭思肖〈一是居士傳〉）

分別重出「同」六次（「年」、「月」、「日」並隔句類字重出）、「獨」八次，用以強調音節，突出意旨。

貳

類字重出的運用，不限於哪一種詞類。如動詞、名詞、形容詞、副詞、指稱詞、關係詞（包括介詞、連詞）。

一、動　詞

現代文學中，以動詞類字重出者，如梁實秋〈包裝〉（《雅舍小品》四集）：

該咀咒的我們咀咒，該讚賞的我們不能不讚賞。

重出「咀咒」、「讚賞」。似此技巧，並見於許達然〈如你在遠方〉（《遠方》）：

不再期待，期待一切曾被期待過的；不再讚美，讚美一切曾被讚美過的。

第二、四句內分別重出「期待」（一、二句間之「期待」為頂真）、「讚美」（三、四句間之「讚美」為頂真）。又鄭明娳〈橫貫道上〉（《葫蘆·再見》）：

一路上，我們欣賞我們所喜歡欣賞的，享受我們所能夠享受的，跋涉自己所應該跋涉的。

重出「欣賞」、「享受」、「跋涉」三組動詞。相對的，思果〈藝術家的肖像〉（《藝術家的肖像》）：

幾個人能像伍滋沃斯那樣長住在湖區，享盡自然的美景，像峨嵋、黃山的高僧那樣終年看山、看雲、看花、看月？

以排比方式重出「看」。至於張曉風〈一個女人的愛情觀〉（《我在》）：

愛情對我的意義是終夜守在一盞燈旁，聽車聲退潮再復漲潮，看淡紫的天光愈來愈明亮，凝視兩人共同凝視過的長窗外的水波。

不重出「看」，反而重出動詞「凝視」，形成陌生化的語感。

不過，有的動詞在重出之後，詞性產生變化。如余光中〈地圖〉（《望鄉的牧神》）：

往往，一連半個月，他活動的空間，不出一條怎麼說也說不上美麗的和平東路，呼吸一百二十萬人呼吸過的空氣，和二百四十萬隻鞋底踢起的灰塵。

句中重出「呼吸」二次，均當動詞。而羅青〈北征〉（《水稻之歌》）：

批准在廣大無邊的天地之間

你的鼻子只能呼吸人家呼吸過的呼吸。

句中「呼吸」重出三次，第三個「呼吸」當名詞。又張曉風〈我喜歡〉（《曉風散文集》）：

我喜歡能在心裏充滿著這樣多的喜歡。

句中重出「喜歡」。第一個當動詞，第二個當名詞。又簡媜〈大水〉（《月娘照眠牀》）：

他們只有等待，等到石破天荒，等到地潰成河，等到雨不再下，水不再漲，等到所有的等待都不再可能。

文內重出「等到」（四次）、「等待」（二次）。而第一句之「等待」當動詞，第六句之「等待」當名詞。

二、名 詞

現代文學中，以名詞類字重出，如鄭愁予〈小河〉（《鄭愁予詩選集》）：

我自人生來，要走回人生去
你自遙遠來，要走回遙遠去

王尚義〈超人的悲劇〉（《中國現代文學大系》，巨人）：

你說從孤獨裏來，仍要回到孤獨裏去。

分別以相同句型，重出「人生」、「遙遠」、「孤獨」。又葉翠蘋〈海〉（《創世紀》第五十八期）

而你又是什麼？

癡愚中的癡愚
先知中的先知
你是什麼？

余光中〈火浴〉（《在冷戰的年代》）：

則靈魂，你應該如何選擇？
你選擇冷中之冷或熱中之熱？

張秀亞〈梅花、小苑和我〉（《湖水・秋燈》）：

我們的夢中之夢是能到山城去，享受呼吸自由的芬芳的春天，欣賞春光永駐的——山城的一枝梅萼。

黃慧鶯〈寒燈獨夜人〉（《絃上黃鶯語》）：

我的房間是城堡中的城堡，我是囚中之囚，不但要忍受外界的噪音，室內電視的聲音同樣令我痛苦。

也斯〈夏日早晨〉（《神話午餐》）：

室內天明時的恍恍惚惚，陰影裏的陰影，等待遲來的日光，完全照明，等待聲音的擂敲，破除某些殼與果皮之類的糾纏。

短語中，分別重出「癡愚」、「先知」、「冷」、「熱」、「夢」、「城堡」、「囚」、「陰影」，其中第一字在主從結構的短語裡，當「加語」，用以形容底下的「端語」，第二字為名詞。

同樣的，名詞類字重出，其中亦產生詞性變化。如羅青〈合唱冊：颱風夜〉（《羅青散文集》）：

而毫無主見隨風亂飄的雨點，正一排排敲在窗上，以自身的毀滅敲出毀滅的鼓點。

句內「毀滅」重出。第一個「毀滅」為名詞，第二個當形容詞。司馬中原〈剪燭〉（《雲上的聲音》）：

既然不見天涯故友，那麼就讓我關起牕來，阻住一牕的風凄雨寒罷，願彼此共守思念的寂寞，並在寂寞中，關心更寂寞的人們。

文中重出三次「寂寞」。第一、二個「寂寞」為名詞，第三個當形容詞。楊澤〈漁父〉（《薔薇學派的誕生》）：

任偽幣在富人的田裏繁榮生長
任孤獨在政客的病榻上孤獨死去
火在火中憤怒燃燒著
愛者如何能在愛中靜逝
流放者在流放中找到意義？

詩中「孤獨」、「火」、「愛」、「流放」重出。第二行第一個「孤獨」為名詞，第二個當副詞；第三行「火」均為名詞，第四行第一個「愛」當形容詞，第二個為名詞；第五行第一個「流放」當形容詞，第二個為名詞。而詩中的音節也在排比、重出的運用下，變得明朗流暢。

三、形容詞

形容詞類字重出，以「多」形容，如白辛〈西窗下〉（《風樓》）：

> 想像中，就插了翅膀，飛越重重關山，回到那多霧、多水、多樹、多花的江南。咳，江南春，江南夏，迢迢的，夢的畫舫輕搖，夢的水歌輕搖。

「多」四次重出（「江南」、「夢」、「輕搖」亦重出）。張曉風〈要做什麼〉（《從你美麗的流域》）：

> 我不即不離，我無盈無缺，我不喜不懼，我只是一丸冷靜的岩石，遙望著多事多情多欲多悔的人世。

「多」四次重出（「不」、「無」亦重出），形成長句。余光中〈地圖〉（《望鄉的牧神》）：

> 國界最紛繁海岸最彎曲的歐洲，他百覽不厭。多湖的芬蘭，多島的希臘，多雪多峰的瑞士，多花多牛多運河的荷蘭，這些他全喜歡。

「多」重出七次。以顏色形容，如子敏〈「純真」好〉（《和諧人生》）：

「成熟」應該是青草更青，綠葉更綠，蘋果更紅，藍天更藍，白雲更白。以排比句型，分別重出「青」、「綠」、「藍」、「白」、「更」。其他形容詞，如張愛玲《半生緣》：

生命可以無限制地發展下去，變得更壞，更壞，比當初想像中最不堪的境界還要不堪。

其中「不堪」為類字重出，「更壞」則為疊字運用。席慕蓉〈成長的痕跡〉（《成長的痕跡》）：

有緣的人，總是在花好月圓的時候相遇，在剛好的時間裏明白應該明白的事，不多也不少，不早也不遲，才能在剛好的時刻裏說出剛好的話，結成剛好的姻緣。

「剛好」重出四次（「明白」、「不」亦重出），「剛好」當主從結構（詞組）中的加語，帶形容性質，說明有緣而能成好姻緣之不易。

至如席慕蓉〈真相〉（《時光九篇》）：

於是　很快就到了盡頭
到了最後的最後

主從結構「最後的最後」中，第一個「最後」當形容詞，第二個當名詞。洛夫〈他的心事如落葉〉（《月光房子》）：

雲，藍在漢代
秋，老在腳下

他，懸於風中
孤寂如最末一頁泛黄的史冊
從前的從前和今後的今後
無非是急急流年
　滔滔逝水
讀得路人一臉蒼白

「從前的從前」、「今後的今後」亦是同樣的構詞關係，具有強調的敘述功能。又蕭白〈撥弦者〉（《白屋手記》）：

一隻六弦琴撥出了一個餘暉滿天的傍晚，傍晚的夕照已爬上了廟前的戲臺。空寂的戲臺堆砌了更多空寂。

文中「空寂」重出，第一個「空寂」當形容詞，第二個當名詞。在類字中，兼及詞性變化。

四、副　詞

副詞類字重出，以可能性副詞「可以」為例。如張曉風〈林中雜想〉（《從你美麗的流域》）：

想想年輕是多麼好，因為一切可以發生，可以消弭，因為可以行可以止可以歌可以哭，那還有什麼可擔心的呢？

〈受降者〉（《從你美麗的流域》）：

願所有的中國人知道，我們曾是從容大度的受降者。願我們子子孫孫都知道，名叫「中國人」的這個民族可以飢可以渴可以遭困可以受窘，可以長夜伏在湮滿淚痕的枕上，可以流其血而授其首。但，自始至終，這個民族卻一直知道一件事，我們自會是最後的受降者。

例中「可以」均當句重出四次，並隔句重出，充分運用此行文技巧，作淋漓盡致的表達。另以「不」為例，林清玄〈無關風月〉（《溫一壺月光下酒》）：

然後和尚尼姑誦晨經的聲音從誦經堂沉厚的揚散出來，那聲音不高不低不卑不亢，使大地在甦醒中一下子祥和起來。

王鼎鈞〈瞳孔裏的古城〉（《碎琉璃》）：

他們圍城，切斷水源，逼得族人皮膚紅腫裂開，逼得族人不洗臉不洗澡不舉重不疾走小心避免出汗，逼得男人貯存小便，逼得母親無法用奶水制止嬰兒啼哭，卻去吮吸嬰兒臉上的眼淚。

均以「不」當句重出四次，拉長句型。張拓蕪〈鹽城戰役之後〉（《代馬輸卒手記》）：

水中有一種髒生物，有紅絲線那麼細，在水中還會嬝嬝而動，一煮開了就斷為好幾截，開了的水像水彩畫家的那盆洗筆水，渾渾濁濁的，五顏六色的，紅不紅、黃不黃、灰不灰、藍不藍的。

文末以排比形式，隔句重出「不」（「紅」、「黃」、「灰」、「藍」均當句重出）四次，用以強調水開的色澤。

五、指稱詞

指稱詞類字重出，以「自」為例。如許達然〈瀑布與石頭〉（《水邊》）：

整天就落進自己的吶喊，自聽自賞自鼓掌。

凌拂〈索居記事〉（《中華現代文學大系》，九歌）：

我喜歡植物，喜歡自生自長自在自美的植物。我也喜歡動物，當然也是那種自來自去自生自滅的動物。

例中「自」當句重出。張曉風〈一同行過〉（《從你美麗的流域》）：

所有偉人的出現，豈不只是期望，萬事萬物各得其本然面目；讓風隨意而吹，讓水清澈而流，讓行者自行歌者自歌，讓花自爛漫鳥自清囀，讓世界仍循著軌道推移。

「自」當句重出（「行」、「歌」亦然），並為對句重出，形成四次重出的音節效果。

至於以數量詞「一」為例，如司馬中原〈五個故事〉《雲上的聲音》：

那些移民開拓的艱辛勞蹟，一木一石，一磚一瓦，無不是沾有他們的血汗。

「一」四次重出。洛夫〈雨中過辛亥隧道〉《釀酒的石頭》：

我們是千堆浪濤中
一海一湖一瓢一掬中的一小滴
隨波　逐
一種叫不出名字的流

第二行與第四行計「一」六次重出。張曉風〈絲棉之為物〉《我在》：

怎麼會悠悠如雲出岫，竟至離家千里，獨到這面對一條橫河的北樓上來落腳也實在想不分明啊！至於為何會和這裏的一桌一椅一盤一盌一枕一衾相親，恐怕也是一場絕不可知的神祕吧？

最後兩句計「一」七次重出，強調其中個別、獨特的感受。

六、關係詞

關係詞包括連詞（連接詞）、介詞（介繫詞）。

連詞類字重出，以「而」為例，如吳鳴〈道路以樹〉《湖邊的沉思》：

從此，小島上開始有了綠意，由小樹而大樹而數不清的林樹鬱鬱蒼蒼，這樣一片青翠地茁長起來。

句中「而」重出二次。羅青〈羽毛船〉（《水稻之歌》）：

日日月月搜尋我的目標
由江而湖而河而海
推敲每一波水色，探尋每一片海灣

「而」重出三次。余光中〈旗〉（《與永恆拔河》）：

要等風起，才霍霍地招展
鮮明的本色，誰說孤掌就難鳴？
摑響陰天的正是孤掌
逆風而笑而歌而飛揚
才值得眾目一同仰望

「而」亦重出三次，製造層層逼進的波瀾。

介詞類字重出，以「是」為例，例證極多。當句重出的，如張寧靜〈山的語言〉（《七十四年散文選》，九歌）：

金色的旭光將每朵雲兒鑲上金邊，黎明來了，黑沉沉的是站是立是坐是臥的群山開始梳妝，開始了一日的呢喃。

吳鳴〈如霧起時〉（《湖邊的沉思》）：

穿過松林，雨霧更濃了些，至品田斷崖，霧氣更濃得化不開，此岸見不著彼岸，也不知山谷有多深；放眼看去，四周白茫茫的雨霧，是山是雲是嵐便分也分不清了。

余光中〈思臺北，念臺北〉（《青青邊愁》）：

隔著南中國海的烟波，向香港的電視幕上，收看鄰區都市的氣象，漢城和東京之後，總是臺北，是陰是晴是變冷是轉熱是風前或雨後，都令我特別關心。

均以「是」重出，說明各類不同情境。至於隔句重出，如楊牧〈作別〉（《葉珊散文集》）：

身邊是葛藤，是荊棘，是荒遼的空虛。詩人，這是我寫給你的最後一封信。

余光中〈地圖〉（《望鄉的牧神》）：

一有空他就端詳那些地圖。他的心境，是企慕，是嚮往，是對於一種不可名狀的新經驗的追求。

張曉風〈年年歲歲歲歲年年〉（《我在》）：

一向以為自己愛的是空間，是山河，是巷陌，是天涯，是燈光暈染出來的一方暖意，是小小陶缽裏的「有容」。

均以排比方式，重出「是」。另如新詩，鄭愁予〈賦別〉（《鄭愁予詩選集》）：

這次我離開你，是風，是雨，是夜晚；
你笑了笑，我擺一擺手
一條寂寞的路便展向雨頭了。

第一行中，一改散文敘述「風雨的夜晚」，為詩的跳躍句法，一躍而變成「是風，是雨，是夜晚」的名句；全賴「是」字重出、強化音節，並以遒勁節奏烘托激烈悸動之別緒。

又羅英〈時間、時間〉（《聯合文學》第四十四期）：

它輕微的鼾聲
是心跳
是雨
是錶與錶重疊交替的表情
使你身心顫慄

詩中「它」指手錶，作者以三個「是」，述說由「它輕微的鼾聲」所展開的主觀聯想。

參

運用類字重出，應特別注意強調音義及事物思維與邏輯上的效用。

一、強調音義

大凡類字重出，在比較、分析的敘述中最能產生強調的效果。如王鼎鈞〈瞳孔裏的古城〉（《碎琉璃》）：

> 每夜每夜，土匪環城堆積木柴，升起熊熊之火，幾十堆野火整夜不熄，像一道道催命的令牌壓迫守城的人，比無情更無情。

其中「比無情更無情」的敘述，較「比無情還殘酷」或「比無情還來得絕」，在音義上更能突顯土匪惡毒的本質。余光中〈思臺北，念臺北〉（《青青邊愁》）：

> 於是「永久地址」欄下，我暫且填上「臺北市廈門街一一三巷八號」。這一暫且，就暫且了二十多年，比起永久來，還永久得多。

文中重出「暫且」，並運用比較方式重出強調這「暫且」的特質比我們平日所說的「永久」更「永久」。又余氏〈牛蛙記〉（《記憶像鐵軌一樣長》）：

> 這是一種比寂靜更蠻荒的寂靜。

重出名詞「寂靜」，用以增強說明。其他如：

1. 詩詩，晴晴，中國仍活著，你們仍活著。將你們的小手貼在心上，讓我們立誓為中國而活。常記得你們有一位母親，比母親更母親，她是中國。（張曉風《曉風散文集・黑

紗》）

2.而今，詩詩，青春的夢幻漸渺，餘下唯一比真實更真實，比美善更美善的，那就是你。

（張曉風《愁鄉石・初綻的詩篇》）

3.前後左右，入眼的，是散臥凍土上比頑強更頑強的大小石頭，在風中永遠沉默抵抗，不投降、不讓步。（梁錫華《明月與君同・還「鄉」記》）

4.可是，天才與自由抉擇的權利兩者都是多麼沉重的擔子！重到很少有人承擔得起。更可怕的是，一旦有人擔負起來，滔滔眾生卻皆欲殺之而後快！所以，幾乎再沒有比天才的寂寞更深的寂寞，比天才的悲哀更重的悲哀。（方瑜《昨夜微霜・詩人・大樹》）

均以「比A更A」的句型，加重語勢，極力刻畫，突顯更深入更強勢的感知。

其次，強調極至狀態，如琦君〈我心目中的美國黑人〉（《與我同車》）：

可是他的良知教育了自己，改邪歸正以後，就以在街頭吹奏得來的錢辦這所簡陋到不能再簡陋的觀護所。

重出「簡陋」，極言簡陋之至。蔣勳〈無關歲月〉（《大度・山》），除了以「簡陋到不能再簡陋」說明祖先神祠之外，並道母親對「幸福圓滿的祝願」是「簡單到不能再簡單」，亦為相同表達方式。其他如：

1.那是一個夏天的長得不能再長的下午，在印第安那州的一個湖邊，我起先是不經意地

坐著看書。（張曉風《三弦・遇見》）

2. 遠遠有半痕淡到不能再淡的青煙，是昔日黃刀族桀驁英武的騎士後人，在保留地生火禦寒嗎？他們已醉倒在火堆旁嗎？（梁錫華《明月與君同・還「鄉」記》）

3. 實在是平凡得不能再平凡的一幕，我卻覺得無比動人，無比地美。原因不是別的，只是我許久不曾見過了。（大荒《山水大地・母雞與小雞》）

4. 一種
單純不能再單純的意念
完美不能
再完美的造形
靜寂
不能再靜寂的
聲音（洛夫《月光房子・大悲四題》）

皆以「A得（到）不能再A」的句型構思。

至於前面已經交代過的句型「除了A還是A」（如「除了黑暗還是黑暗」、「除了砂土還是砂土」），主從結構（詞組）：「A的A」（如「母親的母親」）或「A中的A」（如「男人中的男人」），包括「不是A的A」（如「不是問題的問題」、「不是朋友的朋友」）或「沒有A的A」(如「沒有方法的方法」、「沒有距離的距離」),均能作音義上的特別限定與強調。

二、事物思維與邏輯

在思維上,最基本的是「A等於A」的同一律。因此,每一事物皆等於它自己,等於物自身。如奚淞〈江山共老〉(見《七十六年散文選》,九歌):

天地,依舊是古來的天地。

林清玄〈飛入芒花〉(《鳳眼菩提》):

「別人是別人,我們是我們,沒有就是沒有,……」

吳鳴〈看船〉(《湖邊的沉思》):

船依舊是船,海仍然是碧波萬頃的海。

人間萬象,無疑是「看山是山,看水是水」,物以類聚,類以群分,自有其本身的特質及根本意義。因此,讓一切自然展開,不必過度干擾。是故,孟東籬〈死與禪悟〉(《濱海茅屋札記》):

今天,死的不論是一個凡夫走卒,還是大徹大悟者,海風仍舊吹,日月仍舊空明,該風的風,該雨的雨,該飛砂處仍是飛砂。

重出「風」、「雨」、「飛砂」,強調萬物自如其如展開,當下即具意義。林清玄〈蓮花與冰涷玫瑰〉（《迷路的雲》）：

初開的有初開的美，盛放的有盛放的美，即使那將殘而未謝的，也說不出一種溫柔而淒清的美麗。

〈寒梅著花未〉（《溫一壺月光下酒》）：

有許多剛凋謝的花鋪在馬路上，鮮新的顏色還未褪去，車子的風過，花魂就向兩旁濺飛起來，到遠一點的地方才落下，逝去的花有逝去的美，被驚起的花魂也像蝴蝶一樣有特別的姿勢。

重出「初開」、「盛放」、「逝去」，強調其本身的美感意趣。畢竟，要「長成的都會長成，要消逝的都會消逝」（章江〈庭前有蓮〉，見《中國現代文學大系》，巨人），要能接受，要能欣賞，回到事物本身上的單純欣賞。猶如桂文亞〈春天，你聽我說〉（《七十一年散文選》，巨人）：

是為笑而笑的笑。

瘂弦〈深淵〉（《深淵》）：

為生存而生存，為看雲而看雲

均強調當下即是的深諦。也行〈為開花而開花的一代〉（《七十五年散文選》，九歌）：

也許我們必須接受為開花而開花，是現代人對生命的詮釋。

突顯每一個過程本身的意義。單一純粹，不帶有任何駁雜、外加的目的。如此，即能活潑潑地自由展現，不沾不滯，掌握任一時光任一舉止的本質原貌。

其次，在邏輯上，往往藉同一律或兩值思維的類字重出，展現嚴謹的推衍關係。如林文月〈書情〉（《交談》）：

> 但人生總有一些不得已的割捨，或因主觀的原因，或因客觀的考慮，往往在所難免。在適當的時候做適當的割捨放棄，恐怕竟也是一種處世的藝術吧。

荊棘〈異鄉人〉（《荊棘裏的南瓜》）：

> 幸福的家都是一樣的，不幸的家卻各有不幸的原因。是托爾斯泰的名語。我們年紀相近，生長在同一時代同一社會。生長的痛苦，同樣地刻畫在我們敏感的神經上，卻是為了不同的原因。

其中「適當的時候做適當的割捨放棄」、「不幸的家卻各有不幸的原因」，相當明白，合乎理則。又席慕蓉〈有月亮的晚上〉（《寫給幸福》）：

> 日子絕不是白白地過去的，一定有一些記憶是值得珍惜，值得收藏的。只要能留下來，就是留下來了，不管是只有一次或者只有一剎那，也不管是在我知道的人或者不知道的人的心裏。

文中「只要能留下來，就是留下來」係同一律之強調，「知道的人或者不知道的人」則為

「A或非A」的兩值思維，正是合乎邏輯的陳述。似此，如高大鵬〈緯歌行〉（《追尋》）：

但歷史的教訓是客觀的不容忽視，鄉情淡的不好論斷那鄉情濃的，但堅固的人確應擔當不堅固人的軟弱，不求自己的喜悅。

張曉風〈星約〉（《從你美麗的流域》）：

如果我不曾謝恩，此刻，為茫茫大荒中一小塊荷花缸旁的立腳位置，為猶明的雙眸，為未熄的渴望，為身旁高大的教我看星的男孩，為能見到的以及未能見到的，為能擁有的以及不能擁有的，為悲為喜，為悟為不悟，為已渡的和未渡的歲月，我，正式致謝。

其中「堅固」、「不堅固」，「見到」、「未能見到」，「擁有」、「不能擁有」，「悟」、「不悟」，「渡」、「未渡」，均運用「A」、「非A」形式，呈現周延的理則，兼及雙襯的的正反統攝。以簡媜〈陽光不到的國度〉（《水問》）結語為例：

讓陽光，回到陽光不到的國度。

特別能運用此形式（「陽光到」、「陽光不到」），的正反變化，鮮明對比，述說理想的周延的人文理念。

肆

綜上所述，可見古今類字重出運用的梗概。唯修辭技巧係用來讓作品內涵表現得更精彩更完美。若捨本逐末，不重視內涵，徒有技巧，亦無用處。如站在街頭，觸目所及，即大加描述道：「看到許多木頭許多磚頭許多饅頭許多人頭許多禿頭。」雖說「許多」、「頭」字五次重出，然彼此間（「木頭」、「磚頭」、「饅頭」、「人頭」、「禿頭」❻）缺乏任何內在關聯，只能歸於文字遊戲而已。又如播報員播報現場比賽的狀況：「第一名的跑第一，第二名的跑第二，第三名的跑第三，最後一名的跑最後。」雖採取同一律合乎邏輯的理路，但對聽眾沒有實質意義，形同廢話。正如有人說「詩的語言」和「散文的語言」的差別，在於前者「很詩」，後者「很散文」，雖運用重出技巧，但沒有達到辨析差異的效用，說了等於沒說。凡此缺失，均於運用時要多加考量、避免。

❻ 似此複詞關係，又稱「同異」辭格。凡「同異」辭格，必有一字相同，形成類字，製造重出逞能的效用；同時，在同中有異的變化中，展開意義的辨析、揭示。可參張春榮《修辭新思維・正確與精微——複詞的運用》，頁一八九—二〇一（萬卷樓，二〇〇一）。

信言不美，美言不信——回文

壹

《老子》第八十一章云：

信言不美，美言不信。善者不辯，辯者不善。知者不博，博者不知。

意謂：「真實的話往往不漂亮，漂亮的話往往不真實。行善的人確實去做，並非口頭說說；只口頭說說的，並非真正行善。智者眼光獨具，不追求各種知識；深知各種知識的，往往缺乏獨到的眼光。」文中，老子以回文的修辭，辨析相對概念（如「真」與「美」）間的互動關係，述說他哲學上的體悟❶。

回文（又稱「回環」），旨在利用相同語彙而語序逆反的句型，造成音諧義異之描繪

❶ 老子書中持此論調甚多。如「損之而益，益之而損」、「知者不言，言者不知」、「禍兮福所倚，福兮禍所伏」等，無不運用回文表現老子哲學精神。

或辨析；予人印象深刻，易於記誦。其常見的形式有二：一、嚴式回文；二、寬式回文❷。

一、ABCD↕DCBA

即句中詞彙語序由上而下，再由下而上回去，一順一逆，完全顛倒，屬於「嚴式回文」。如：「門掩月黃昏，昏黃月掩門」（納蘭性德〈菩薩蠻〉）、「人人為我，我為人人」、「香花淡淡，淡淡花香」、「蛋生雞，雞生蛋」等。似此形式，自然兼及頂真。

至如「酸齋笑我，我笑酸齋」、「山翁醉我，我醉山翁」（均見貫雲石〈殿前歡〉）、「人生如戲，戲如人生」等，亦為此形關係。以「酸齋笑我，我笑酸齋」為例，A代表「酸齋」（單詞），B代表「笑」，C代表「我」，兩句語序即「ABC，CBA」。同樣，如「四面八方，八方四面」、「合攏開放，開放合攏」、「亦怒亦驚，亦驚亦怒」等，均由兩個語詞並列組成（「四面」、「八方」、「合攏」、「開放」、「亦怒」、「亦驚」），今分別以A、B代之，則上下語序均為「AB，BA」，同屬此一順一逆之形式。

❷ 唐松波等編《漢語修辭格大辭典》（一九九四，建宏）將「嚴式回文」，當「回文」；將「寬式回文」，當「回環」。黎運漢《現代漢語修辭學》（一九九一，書林）將「嚴式回文」，稱為「依次回環」；將「寬式回文」，稱為「錯綜回環」。

二、ABCD↕DBCA

著眼於A與D（字或單詞）的語序互倒，意義相攝，而中間的字詞往往相同（如BC），為「寬式回文」。如：「用人不疑，疑人不用」、「難者不會，會者不難」、「來者不善，善者不來」、「香花不美，美花不香」、「詩中有畫，畫中有詩」、「同中有異，異中有同」、「靜中有動，動中有靜」、「色即是空，空即是色」、「濕了又乾，乾了又濕」、「開了又謝，謝了又開」等。凡此形式，亦自然兼及頂真（以「疑」、「會」、「善」、「美」、「畫」、「異」、「動」、「空」、「乾」、「謝」銜接）。

其他如「似是而非，似非而是」、「久分必合，久合必分」等，B與D（即「是、非」，「分、合」）互換，第一、第三用字（即「似、而」、「久、必」）相同。又如「遠的近了，近的遠了」、「你來我往，我來你往」等，則為A與C（即「遠、近」、「你、我」）互調，第二、第四用字（即「的、了」，「來、往」）相同。似此，同為寬式回文。

貳

至若歷代行文，藉回文修辭，用以描寫、敘述、辨析，呈現景物間相互依存的關係，指出相互制約的變化，凝視雙向（正向、逆向）維思的情理內蘊。底下分別言之。

一、描　寫

描寫中的景物關係的捕捉，常以本體、喻體的「互喻」（互喻是指本體和喻體互設喻。先用喻體比本體，再用本體比喻體的特殊形式），形成兼格的藝術；並在思維的順逆中，逼入深層的觀賞。如六朝范雲〈別詩〉：

> 洛陽城東西，長作經時別。昔去雪如花，今來花如雪。

其中「雪如花」、「花如雪」即是回文互喻。藉著雪白花白之景，抒發悠悠時間推移的喟嘆。畢竟年年歲歲雪相似花相似，但歲歲年年人已不同。宋蘇軾〈少年遊〉：

> 去年相送，餘杭門外，飛雪似楊花。今年春盡，楊花似雪，猶不見還家。

亦有相同的感觸。其中「飛雪似楊花」、「楊花似雪」（此句當受限於字數，省略「飛」字）亦為此修辭。至現代散文，張曉風〈不是遊記〉（《曉風散文集》）：

> 日光白如飛塵，飛塵白如日光，嗆鼻的乾燥中，只有深圳河是永不止息的淚溝。八月，飲冰的季節，我的心卻只能飲恨，只能飲二十年流不盡的憂傷。

「日光白如飛塵，飛塵白如日光」二句，以「日光」、「飛塵」的白色互喻，構成回文。蕭白〈十一月〉（《蕭白自選集》）：

湖固然似眸，眸也似湖，兩者相存清澈也同存神祕。

以「湖」、「眸」互喻，呈現回文形式。余光中〈茫〉（《蓮的聯想》）：

天河如路，路如天河

上游茫茫，下游茫茫，渡口以下，渡口以上

兩皆茫茫。我已經忘記

從何處我們來，向何處我們去

以「天河」和「路」互喻，並產生音節效果。林燿德〈絲路Ⅰ〉（《銀碗盛雪》）：

砂漠是海的兄弟

海是沒有瞳孔的眼睛

砂漠是沒有眼睛的瞳孔

則分別以暗喻「沒有瞳孔的眼睛」、「沒有眼睛的瞳孔」表現海、砂漠的形象，設思精妙，喻體間並具有回文關係。

另外，物我相繫相屬的畫面，亦藉此技巧展現。如洛夫〈詮釋〉（《一朵午荷》）：

山頂的雲淡淡地，很像某一個人的臉，不知在什麼地方見過。這時，我在山中走著，山在我中走著，偶一抬頭，彼此都有點茫然，有點說不清楚的那種對烟的感覺。

「我在山中走著，山在我中走著」運用回文，第一句是外部知覺，寫實際場景；第二句是內部知覺，寫山景經由眼睛進入我心的感受。張曉風〈魔季〉（《曉風散文集》）：

我慢慢走著，我走在綠之上，我走在綠之間，我走在綠之下。綠在我裏，我在綠裏。

「綠在我裏，我在綠裏」寫出人和滿山青綠渾然相接、融洽合一的情景。至蕭蕭〈踏過千百石階〉（《美的激動》）：

喃喃的，你只說：「這兒多美！」多美，有山在霧中，有霧在山中。

「有山在霧中，有霧在山中」純粹描寫大自然風景之互動。陳冠學〈田園之秋・九月八日〉（《田園之秋》）：

初出的金星，白中透藍，或說藍中透白，大大的，對著薄暮的田園以及天上的一些殘雲，格外地顯眼。

「白中透藍」、「藍中透白」正是色澤相盪的動態變化。沈冬〈花與瓶〉（《現代詩》復刊第一號）第二小節：

瓶在花中
花在瓶中
少女的臉
好似
古詩絕句

「瓶在花中／花在瓶中」則為純粹靜物畫面的勾勒。至余光中〈南太基〉（《望鄉的牧神》）：

> 藍黝黝的渾淪中，天的茫茫面對海的茫茫面對的仍是天的茫茫，分辨不清，究竟是天欲掬海，或是海欲溺天。

一般描寫海邊，常以「天連水，水連天」最簡單的回文為之，而余光中在此加入擬人化的手法，於是天和海的關係變成「天欲掬海，或是海欲溺天」的質疑。

二、敘述

敘述抒懷，可透過順逆正反的形式，曲盡所見所感。如衛立中〈殿前歡〉：

> 雲根枕，梅蕊雲梢沁。雲心無我，雲我無心。

藉「雲心無我，雲我無心」道出曠達的體會。而現代散文中亮軒〈密語〉（七十五年九月二十日《中國時報》人間副刊）：

> 有一個人可以給你答案，他叫梵谷，為自己畫過幾十幅自畫像，後來瘋狂舉槍自殺而死。是孤獨殺死了他？還是他殺死了孤獨？

作者以「孤獨殺死了他」、「他殺死了孤獨」相對觀點❸，述說內心對梵谷死亡的深深困

---

❸ 又如渡也〈寂寞〉（《憤怒的葡萄》）：

因為寂寞是廉價的　每夜　我一口吞下了

惑。沙穗〈從新婚到木婚〉(《小蝶》)：

當寒流來時，合歡山大雪紛飛，我們在雪地裏留下了許多腳印，走在雪地裏小燕還說：「讓後面的人去猜，我是男的還是女的？我是雪中的溫柔，還是溫柔中的雪？」

以「雪中的溫柔」、「溫柔中的雪」想別人推測自己是冰雪中的溫婉女子，抑或溫婉女子中一片冰心在玉壺的那一個？陸蠡〈門與叩者〉(《陸蠡散文集》)：

拜訪是絕對地少，他也不愛出去。好像世界遺忘了他，他也遺忘了世界。歲月平滑地流過去了，歲月有如一道河，在屏著的門前悄悄地流過。

自「他」和「世界」之彼此遺忘上揣想，梁實秋〈疲馬戀舊秣，羈禽思故棲〉(《白貓王子及其他》)結尾：

如今隔了半個多世紀，房子一定是面目全非了，其實人也不復是當年的模樣，縱使我能回去探視舊居，恐怕我將認不得房子，而房子恐怕也認不得我了。

每夜　來到我身邊陪我寫詩　而酒
我總要買一些　不說一句話的　也一口吞下了
酒也是寂寞的　一瓶酒　廉價的我

整首詩自「我」、「酒」對等的觀點平行展開。結尾「我」一口吞下了「酒」，「酒」也一口吞下了我，正是回文中互動關係的呈現。

以「我」和「房子」在歲月中將彼此陌生而不勝慨嘆。又溫任平〈朝笏〉（《黃皮膚的月亮》）：

> 從字體的遷異過程我看到了朝代的遞變過程，而從朝代的遞變過程中我赫然發現佝僂在暗影盡頭的蓬頭垢面的自己，欲哭無淚的自己。是自傷的滿足嗎？其實也是滿足的自傷。

將「自傷的滿足」與「滿足的自傷」等同視之。同樣，許達然〈轉彎〉（《水邊》）最後一段：

> 轉彎的理想也許是理想的轉彎。學校與朋友以外，理想轉彎的事實更多了。

敘述「轉彎的理想」和「理想的轉彎」彼此可能相等的關係。至於敻虹〈水紋〉（《敻虹詩集》）：

> 忽然想起你，但不是此刻的你
> 已不是華燦發，已不錦繡
> 已不在最美的夢中，最夢的美中

自「夢」和「美」的相對組合上構成回文。「最美的夢中，最夢的美中」（第二句「夢」當形容詞）反覆述說女子內心浪漫情緒，逝者如斯，已漸渺漸逝，如同水紋。

此外，並存同置的類別或情境，最易觸及此技巧。如張拓蕪〈通訊兵之什〉（《代馬輸卒續記》）：

這句話固然對老兵不恭，卻也是事實，但是老兵油子中以四川籍的為最；有的人油嘴不油，有的嘴油人不油，有的兩者皆油，那是領導幹部最感到頭痛的部屬。

文中「人油嘴不油」、「嘴油人不油」即為相對的兩類。袁瓊瓊〈傷心誌〉（《紅塵心事》）：

而且與眾不同也是可怕的。鶴立雞群和雞立鶴群都要驚心的。

「鶴立雞群」與「雞立鶴群」正是與眾不同的兩類。蔡碧航〈心不歡，且行行〉（《離離散紅》）：

看看他的眼睛，看看他的鼻子，看看他翕動的或緊抿的、慍怒的或微笑的唇，再仔細判讀他的肢體語言，便能明白他是真誠或是虛矯，是口是心非或口非心是，是願意不願意，要或不要，是歡喜或是生氣……

其中「口是心非」、「口非心是」亦即兩類的肢體語言。思果〈像片簿〉（齊邦媛編《中國現代文學選集》，爾雅）：

人以文傳，文以人傳，兩者有其一就不朽了，就怕人本無行，文亦欠佳，就只有與草木同朽了。

亦以回文說明文人留名千載的兩種方式：「人以文傳」、「文以人傳」。

三、辨　析

基於順逆正反之思維模式，回文頗宜辨別上下兩句之關係，突顯兩者推理立論之幽微差異。如《孟子・盡心》：

天下有道，以道殉身；天下無道，以身殉道。

「以道殉身」與「以身殉道」正辨析兩種處世態度。政治清明時闡揚正道，政治黑暗時用生命為道作見證，絕不退讓。魏禧《日錄》卷一：

料事者先料人。若不知其人才智高下，又在事上去料，雖情勢極確，究竟不中。故能料愚者不能料智，料智者不能料愚。

辨析知人之明中有以「料愚」見長，有以「料智」稱勝者，兩者各有所蔽：「料愚者不能料智，料智者不能料愚」。章學誠《文史通義・說林》：

文辭，猶金石也；志識，其鑪錘也。神奇可化臭腐，臭腐可化神奇。知此義者，可以不執一成之說矣。

辨析「神奇可化臭腐」之點金成鐵和「臭腐可化神奇」之點鐵成金的差異。蓋若無見解，則文辭如同破絮；反之能見廣識高，則行文鏗鏘堅實。現代散文中，子敏〈水〉（《在月光下織錦》）：

霧犧牲透明，才造成神祕。空氣犧牲神祕，才造成透明。只有水，它神祕，透明；透明，神祕。

運用「透明」、「神祕」兩種性質，辨析「霧」與「空氣」的異同。張曉風〈扛負一句叮嚀的人〉（《我在》）：

關於你，我一向最喜歡的是你被逐投美初期美國報端上的一句話：

蘇聯放逐了索忍尼辛

從此，索忍尼辛成了「一個沒有國家的人」

而蘇聯，卻成了「一個沒有人的國家」

藉「一個沒有國家的人」與「一個沒有人的國家」之對照，辨析索忍尼辛被放逐所造成的後果，並突顯其本人之重要性。又張曉風〈她曾教過我〉（《你還沒有愛過》）：

要找一個跟她一樣有學養、有氣度、有原則、有熱度的人，質之今世，是太困難了。多半的人總是有學問的人不肯辦事，肯辦事的沒有學問，……

「有學問的人不肯辦事，肯辦事的沒有學問」正說明學者和幹才往往相違，很少碰到兩者兼而為一，又有學養，又有才幹。蔣勳〈強韌的生之勇氣〉（《萍水相逢》）：

我想，懷疑並不是要否定信仰，信仰也並不否定懷疑。沒有經過懷疑的人，並不知道什麼是信仰；沒有渴求過信仰，沒有經過信仰感動的人，無休無止的懷疑又有何益處呢？

「懷疑並不是要否定信仰，信仰也並不否定懷疑。」句中分辨「懷疑」和「信仰」這兩觀念並非一定要兩極化。對生命具有宗教情懷和以理性求真來看待一切，不但二者不衝突，反而能相得益彰，建構出更寬廣更密實的真知灼見。董橋〈馬克思博士到海邊度假〉（《這一代的事》）：

> 做學問的學者是經常思想的空想家，也是經常空想的思想家；不做學問的學者則連空想都不會，正如沒有學問的政治家只會空想一樣。

文中解析學者特質，雖是空想但仍是有理有則的推衍，雖為思想家但往往不落實現實。陳香梅〈下午茶〉（《中國現代文學大系》，巨人）：

> 離開上海之後，我們一直沒有一個安定的家，東奔西跑，有清靜的環境時，沒有安寧的心情；有安寧的心情時，又沒有清靜的環境。

「有清靜的環境時，沒有安寧的心情；有安寧的心情時，又沒有清靜的環境。」有無映襯，正點出「境與思不偕」的困擾。固然說境由心造，但現實生活中往往內外牽扯，終成心由境造，紛紛擾擾。洪素麗〈問天〉（《十年散記》）：

> 然而他不多時見到博士，只是博士益形發福。到底已入中年了嘛。這裏的人總是這樣，愈寂寞愈容易胖。愈胖也愈見寂寞了。

分析「寂寞」與「胖」的互為因果，生命中的反諷往往是你越在乎越會出狀況，而「寂寞」與「胖」就是這麼不可理喻的結合在一起。林清玄〈素質〉（《星月菩提》）：

> 「香花無色，色花不香」這真是一個驚人的發現；「素樸的花喜歡成群結隊，美艷的花

喜歡幽然獨處」也是驚人的發現。依照植物學家的說法，白花為了吸引蜂蝶傳播花粉，因此放散濃厚的芳香；美麗的花則不必如此，只要以它的顏色就能招蜂引蝶了。

文中藉「香花無色，色花不香」辨析花之不同特色，具理趣；而兩類之差異，頗能引人深思。至於高大鵬〈As I Lay Dying〉（《孤獨園》）：

人有很多方法糟蹋時間
但時間有更多的方法糟蹋人
可怕的是這件事竟無處控訴
難道我們犯的錯真那麼多

辨解「人」和「時間」主客對待的差異。雖然「人」可以隨意棄擲「時間」，但「時間」終究是大贏家，「人」再怎麼厲害也無法逃出百歲的結局，凡此問題，運用回文方式所提出的順逆對照之比較觀點，均能使讀者進入問題癥結，加以思辨。

參

綜上所述，可見回文運用之大概。至於回文中最簡單的形式，即為一個語詞（兩個字構成）的倒反。

此語詞的倒反，分兩類：第一類是意義不同，音節顛倒。如「關公」、「公關」，「前提」、「提前」，「故事」、「事故」，「人文」、「文人」，「領帶」、「帶領」，「人情」、「情人」，「容易」、「易容」，「年紀」、「紀年」，「學科」、「科學」，「巴結」、「結巴」，「下手」、「手下」，「下放」、「放下」，「計算」、「算計」，「感性」、「性感」，「道人」、「人道」，「星火」、「火星」，「地質」、「質地」，「自私」、「私自」，「公主」、「主公」，「大火」、「火大」，「用功」、「功用」，「宗教」、「教宗」，「名曲」、「曲名」，「脈動」、「動脈」，「年華」、「華年」，「形象」、「象形」，「賣出」、「出賣」，「現實」、「實現」等。第二類是倒反時意義不同，音節中單字的讀音略異。如「孫子（·ㄗ）」、「子（ㄗˇ）孫」，「風中（ㄓㄨㄥ）」、「中（ㄓㄨㄥˋ）風」，「情調（ㄉㄧㄠˋ）」、「調（ㄊㄧㄠˊ）情」，「上當（ㄉㄤˋ）」、「當（ㄉㄤ）上」，「受難（ㄋㄢˋ）」、「難（ㄋㄢˊ）受」，「生長（ㄓㄤˇ）」、「長（ㄔㄤˊ）生」，「身分（ㄈㄣˋ）」、「分（ㄈㄣ）身」，「句子（·ㄗ）」、「子（ㄗˇ）句」等。而將之運用於句中，往往意生不測，造成別趣❹。如余光中〈落楓城〉（《逍遙遊》）：

人行秋色之中，腳下踩的，髮上戴的，肩上似有意似無意飄墜的，莫非明艷的金黃與黃

---

❹ 一些語詞倒反，並未造成歧義，則不在討論之內。如「客人」、「颱風」、「習慣」、「嫌棄」、「公雞」、「母豬」、「乩童」、「熱鬧」等，閩南語方言皆念作「人客」、「風颱」、「慣習」、「棄嫌」、「雞公」、「豬母」、「童乩」、「鬧熱」等，意思並未改變。

金。

以「金黃」與「黃金」渲染黃澄澄金閃閃的顏彩。羅青〈恍惚冊：自助餐廳〉（《羅青散文集》）：

時針、分針、秒針分別指著不同的方向，要我看那從各種不同方位包圍過來的黃昏黃昏黃昏，昏黃的黃昏。

「昏黃的黃昏」，即以「黃昏」、「昏黃」構成主從結構詞組❺。蕭蕭〈家的結構〉（《穿內褲的旗手》）：

面對著一地的「泥水」，我們不能不想著學校教室的「水泥」，多乎多乾淨！

「泥水」至「水泥」，語義產生變化。桑柔〈我愛〉（張曉風所編《蜜蜜》，爾雅）：

終年終月敲鋼打鐵，燒電焊燃乙炔，終年終月與馬達電纜鋼鋸吊車為伍，呼吸海洋的鹹腥摻雜著鐵銹塵灰的空氣，打鐵的少年便也成鐵打的少年，看海的眼睛也成海的眼睛，造船的軀體也像船的軀體。

其中「打鐵」少年至「鐵打」少年，語意由少年職業一躍為少年強壯（如鐵打的金剛、銅鑄的羅漢），描述生動深刻，令人印象鮮明。凡此創作實例，均可供我們操翰上的借鏡。

---

❺ 除了「回文」方式構詞外，亦可用「互文」方式構詞。如：東奔西跑、大驚小怪、南來北往等，以並列方式相互補充，形成完整語意。

念天地之悠悠

——音　節

壹

陳子昂〈登幽州臺歌〉：

前不見古人，後不見來者。念天地之悠悠，獨愴然而涕下！

整首詩泅泳時間長河中，回溯悠悠歷史，遙望渺渺未來，沾染時間的滄桑；置身高臺，環視冷冷八方，俯仰乾坤，身歷空間的飄泊；於是時空交會下的撞擊震撼，瞬焉油然而生。面對知識分子的蒼茫悲情，面對渺小生命在廣宇悠宙中的孤絕，不禁哀感，兀自淚流。

欣賞這首詩，我們特別能感受陳子昂沉鬱的心境。蓋歷代文士當生命被夾在無限的時空座標上，無不驚心動魄，湧現深沉的感慨。如《楚辭・遠遊》首唱：

唯天地之無窮兮，哀人生之長勤。往者吾弗及兮，來者吾不聞。

唱出無窮「天地」與須臾「人生」強烈對比下的永恆哀曲。而後王勃的〈滕王閣序〉，也進入俯仰的感觸：

天高地迥，覺宇宙之無窮；興盡悲來，識盈虛之有數。

以「識盈虛之有數」的認知輕輕滑過悲愴的深淵。及至陳子昂，則正面擁抱這寂天寞地的情懷，久久不能平復。降及蘇軾，再度深刻體驗這層無情的震撼：

寄蜉蝣於天地，渺滄海之一粟；哀吾生之須臾，羨長江之無窮。

透過這些線索，我們更加了解陳子昂〈登幽州臺歌〉深深吸引讀者的理由。因為詩中這股悲情，不管古往今來，任何有心的知識分子遲早都會碰到。

事實上，除了意境之外，〈登幽州臺歌〉中詞的運用，頗值得注意。由於連詞「之」、「而」的運用，整首詩由五言（第一、二句）至六言（第三、四句），句型頓生變化，音節因之增長，使人吟詠、慨嘆。若刪去連詞，則變成整齊的五言絕句：

前不見古人，後不見來者。念天地悠悠，獨愴然涕下！

雖說詩意無損，但三、四兩句音節頓時語氣顯得急促，失去原來悠緩搖曳的韻致，無法和作者詩中深沉的感慨聲情相配合。

貳

歷來作為語言結構的工具，本身不能表示一種概念的虛詞有二：一是關係詞，用以聯繫，如：之、而、與、則等；一是語氣詞，用以表示語氣，如：嗚、呼、夫、者、矣、也等。而二者之功能主要在調整句中音節的變化。

以關係詞而言，杜牧〈阿房宮賦〉開端：

六王畢，四海一；蜀山兀，阿房出。

三言短句，四句排比，兼押入聲質韻，音節遒勁鏗鏘。至歐陽修〈豐樂亭記〉文內：

及宋受天命，聖人出而四海一，嚮之憑恃險阻，剗削消磨。

「聖人出而四海一」句法和杜牧「阿房出」、「四海一」雷同，唯以「而」聯繫，使得音節稍趨緩和。又歐陽修〈醉翁亭記〉：

醉翁之意不在酒，在乎山水之間也。

以「之」（二次）、「乎」連詞使文句悠揚曼妙。若試加刪成「醉翁意不在酒，在山水間也」，則音節過於逼促。

就語氣詞而言，以韓愈〈師說〉為例：

師者，所以傳道、受業、解惑也。

句中運用「者」（句中）、「也」（句末）語氣詞，使整句音節平穩順暢。由此觀韓愈〈送董邵南序〉開端：

燕趙古稱多感慨悲歌之士。

此句顯得突兀急促。蓋句中省去語氣詞「者」、「也」。若還原成「燕趙者，古稱多感慨悲歌之士也」則較為平順。唯此韓愈有意為之，另當別論。另如李白〈愁陽春賦〉：

春心蕩兮如波，春愁亂兮如雪。

以「兮」（句中語氣詞）搖蕩文思，若將此刪略為「春心蕩如波，春愁亂如雪」則點金成鐵，流於急促。

參

現代詩文抒懷寫志，無不重視此類虛詞之運用。尤其在語氣詞上，以「啊」表情者，如楊牧〈調寄小連鎖〉（《葉珊散文集》）：

簾掀處，我期待彈奏琵琶的輕烟——在弦上，曳出一條溫順的輕烟，接我歸向舊時的山谷啊舊時的山。

余光中〈鄉愁四韻〉(《白玉苦瓜》):

給我一瓢長江水啊長江水
酒一樣的長江水
醉酒的滋味
是鄉愁的滋味
給我一瓢長江水啊長江水

藉「啊」居中銜接「舊時的山」、「長江水」(二者均重出),增長詠嘆之情。以「唉」變化者,如余光中〈飛鵝山頂〉(《記憶像鐵軌一樣長》):

我們在頂點的平地上停了下來。一落數百呎的坡下,起伏參差的是一簇簇矮丘的峰頭,再下去,忽隱忽現在蜿蜒坡路的盡頭,隔著清明將至的薄霧和一層——唉,不是紅塵,是灰塵的淡烟,卻見恍若蜃樓而白得不很純潔的街市,似乎有車輛在移動。

侯吉諒〈初雪〉(《城市心情》):

明天是否有雨
如你含淚當我黯然離去
也就叫人,唉,難料了

藉「唉」居中感嘆,讓音節有轉折、停頓之姿。其他如余光中〈調葉珊〉(《白玉苦瓜》)結尾：

就在你背後
冷沁沁地
一個死不服氣的鬼，咦，怎麼
豎起

又其〈刺秦王〉（《隔水觀音》）結尾：

看他，無助地獨靠著銅柱
血從傷口大口地噴出
此生，咳，已不能再回燕市
和屠狗的弟兄們醉裏悲歌
只留下，發光的一個名字
燙痛六國志士的嘴唇

藉「咦」逗起疑雲，藉「咳」寄予沉重慨嘆。

唯虛詞沒有實質意義，僅用以聯繫或表示語氣；運用時仍當節制，不可過於氾濫。如「的」（相當於文言「之」），像以下例句：

他的手中拿著一隻紅色的原子筆

第一個「的」可刪去（第二個「的」可保留）。另如「唉」等語氣詞，要配合詩中情感。以余光中〈十年看山〉（《紫荊賦》）為例：

只為了小時候，一點頑固的回憶
看山十年，竟然青山都不曾入眼
卻讓紫荊花開了，唉，又謝了

其中第三行若再增添語氣詞，變成：

1. 卻讓紫荊花開了，唉喲，又謝了
2. 卻讓紫荊花開了，唉喲喂，又謝了

語氣則過於強烈，原詩中微微喟嘆的溫婉口吻消失不見。可見如何字斟句酌，在文句內涵及音節間尋找最美好的配合，掌握修辭中的「意義性」（「表意方法的調整」）與「音樂性」❶（「優美形式的設計」），發揮音義俱佳、聲情皆美的藝術性，永遠是自古至今每位作者要面對的挑戰。

---

❶ 修辭中的「音樂性」，可參黃永武〈談詩的強度〉（《中國詩學——設計篇》，巨流，一九七六）、陳啟佑〈形式設計與節奏〉（《新詩形式設計的美學》，台灣詩學季刊，一九九三）、蔡宗陽〈論修辭與聲韻的關係〉（《修辭學探微》，文史哲，二〇〇一）；張德明〈語言風格和語言要求〉（《語言風格學》，麗文文化，一九九四）、雷淑娟〈文學語言節律美的言語生成策略〉（《文學語言美學修辭》，學林，二〇〇四）等。

在古典的原野，放現代的風箏

——鎔　成

壹、前　言

古典詩文是現代文學的泉源。前人雲彩般繽紛的靈思妙句，無不豐富今人創作的天空；今古輝映，再造文藝的萬紫千紅。於是，如何鎔章裁句、推陳出新，遂成為現代文學創作上的一大課題❶。

❶ 相關論述有：鄭慧如《現代詩的古典觀照》（政大中研所博士論文，一九九四）、傅庚生〈摹擬與鎔成〉（《中國文學欣賞舉隅》，萬卷樓，二〇〇二）、黃永武〈詩與傳統〉（《詩與美》，洪範，一九八四）、游喚〈論舊詩予新詩之啟示〉（《古典文學》第四集，學生，一九八二）、游喚〈古典散文與現代散文〉（《古典文學》第五集，學生，一九八三）、鄭明娳〈鍛接的鋼——論現代詩中古典素材的運作〉（第二屆現代詩學研討會，文訊月刊社，一九八六）、張春榮〈典雅與鎔裁——以王鼎鈞散文為例〉（《修辭萬花筒》，駱駝，一九九六）等。

創作始於摹仿，貴於鎔成。所謂「鎔成」，正與修辭中的「仿擬」、「引用」相涉，注重「創造性」的模仿，遷移融會，邁向高明的「活用」。歷來詩論文論，無不於此再三致意。唐釋皎然有「偷語」、「偷意」、「偷勢」之說❷，後黃庭堅有「換骨」、「奪胎」之論❸，呂祖謙有「活法」之說❹。其中「偷語」相當「換骨」，即援引前人辭句，或加以增刪。「偷意」相當「奪胎」，即運用前人文意，或衍申或翻案。「偷勢」，則相當「活法」，取法前人章法結構或修辭技巧，以臻異曲同工之妙。而此三者，亦即古典詩文間的鎔成方式❺。

準此三則，衡諸現代文學，可見現代文學運用之概況。以下自「用其辭」、「用其意」、

❷ 皎然《詩式》云：「偷語最為鈍賊。……其次偷意。……其次偷勢，才巧意精，若無朕迹。」

❸ 宋釋惠洪《冷齋夜話》卷二，載黃庭堅云：「不易其意而造其語，謂之換骨法；規模其意而形容之，謂之奪胎法。」今人張健解析道：「奪胎法……即擴充、引申、點化前人的詩句而成新作，而意境超過前者。錢鍾書所謂『反其意』者亦屬此。」「換骨法……詩句面貌雖新，骨子裏的涵義仍同。」「換骨較顯著，也較容易，奪胎就非才力高明不為功。」（見其所著《宋金四家文學批評研究》，頁一四五，聯經出版事業公司）

❹ 宋呂東萊〈夏均文集序〉：「學詩當識活法。所謂活法者，規矩備具而能出於規矩之外，變化不測而亦不背於規矩也，是道也。蓋有定法而無定法，知是者可與言活法矣。」

❺ 「鎔成」一語採自張夢機《近體詩發凡》第三章〈論摹擬與鎔成〉，臺灣中華，一九七○。

「用其法」三端分別言之。

貳、用其辭

一、分類

用其辭，可包括直接援引、增刪改易兩類。

現代文學中直接援引的例句相當多。如蘇軾〈前赤壁賦〉：「不知東方之既白。」分別見於余光中〈牛蛙記〉：「隨它去吧，只要我一枕酣然，不知東方之既白。」（《記憶像鐵軌一樣長》）、顏元叔〈我愛開會〉：「西廂夜雨，秉燭促膝，不知東方之既白。」（《人間煙火》）。又如辛棄疾〈菩薩蠻・書江西造口壁〉：「西北望長安，可憐無數山。」余光中〈南半球的冬天〉：「那方向，不正是中國的大陸，亂山外，不正是崦嵫的神話？西北望長安，可憐無數山。無數山。無數海。無數無數的島。」（《聽聽那冷雨》）亦直接引入。

至於增刪改易，例證頗多❻。增字，如謝靈運〈登池上樓〉：「園柳變鳴禽。」鄭

❻ 另參劉衍文、劉永翔〈增減〉、〈改易〉（《文學鑑賞論》，一九九五）。

愁予〈題甄后繡像〉中增為：「園柳已變成禽鳥的晨鳴。」（《刺繡的歌謠》）又劉禹錫〈西塞山懷古〉：「山形依舊枕寒流。」李弦〈吾街吾巷〉中增為：「崚嶒的山形依舊枕著潮聲。」（《大地詩刊》第十四期）。刪字，如劉禹錫〈陋室銘〉：「苔痕上階綠，草色入簾青。」陳幸蕙〈欣有託〉中刪為：「因為在公寓三樓，我們沒有階上苔痕，也沒有入簾草色。」（《把愛還諸天地》）又元稹〈離思〉：「曾經滄海難為水。」，梁遇春〈觀火〉中刪為：「我是個滄海曾經的人，對於海卻總是漠然地，這或者是因為我會暈船的緣故吧！」（《梁遇春散文集》）

改易者，如孔融〈論盛孝章書〉：「若使憂能傷人，此子不得復永年矣。」其中「憂能傷人」一語，白辛〈盆榕〉中易為：「許是憂患傷人，親情無寄，從母親的身上，已經隱然可以看到絲絲秋意。」（《星帆》）又韓愈〈送孟東野序〉：「是故以鳥鳴春，以雷鳴夏，以蟲鳴秋，以風鳴冬。」其中「以鳥鳴春」、「以蟲鳴秋」，梁實秋於〈白貓王子八歲〉中顛倒文序，易為：「蟲以鳴秋，鳥以鳴春，唯獨貓到了季節，竄房越脊，鬼哭狼號，那叫聲實在難聽。」（《雅舍散文》）

二、用辭之優劣

比較現代文學中用辭之優劣，其中可說者有三：

第一，用辭之道切忌稀釋原文，形同翻譯。如李白〈菩薩蠻〉：「暝色入高樓，有人樓上愁。」余光中於〈逍遙遊〉云：「當暝色登上樓的電梯，必有人在樓上憂愁。」（《逍遙遊》）增長字句，反使節奏鬆軟。又劉禹錫〈陋室銘〉：「苔痕上階綠。」蕭白於〈走失的五月〉云：「苔痕綠了階前。」（見何寄澎、劉龍勳編《親情、愛情、友情》，長安）似此增易文字，並未增加文句密度，則非用辭之正途。

第二，用辭以重新組合，典雅工整為上。如《世說新語‧言語》所載「風景不殊，正自有山河之異」諸語，陳之藩〈到什麼地方去〉中改為：「我感覺自己像一片落葉似的在這個時代飄零。不僅生活的環境，是國破家亡，舉目有山河之異；就是思想的園地，也是枯枝敗葉，無處非凋殘之秋。」（《旅美小簡》）其中「舉目有山河之異」仍為單筆散體。至於張曉風〈不是遊記〉：「白鳥在此岸，白鳥在彼岸，白鳥翩翻著古代的翅膀，水牛蹣跚著老式的悠閒，山巒摺疊著國畫的皴法。有異的是山河，不殊的是風景。」（《曉風散文集》）則將「風景不殊，正自有山河之異」，重組成「有異的是山河，不殊的是風景。」工整的對句形式，頗能引人注目。又王之渙〈涼州詞〉：「一片孤城萬仞山。」余光中〈丹佛城〉開端：「城，是一片孤城。山，是萬仞山。」（《焚鶴人》）充分運用重出技巧（「城」、「山」），並形成對句；而作者加工之用心，於此可見。

第三，用辭以配合情境，製造新趣為優。直接援引，如秦觀〈踏莎行、彬州旅舍〉：

「霧失樓臺，月迷津渡。」亦耕〈繼續尋夢，繼續問津〉引為：「所以，夫子，在此夢中，霧失樓臺，月迷津渡，是我們經常面臨的困境。」（《尋夢與問津》）於此，作者將秦觀名句引申為思想混淆、人生迷失方向的現實情境。增刪改易，如樂府詩〈陌上桑〉：「羅敷年幾何？二十尚不足，十五頗有餘。」顏元叔〈懶貓百態〉套用羅敷述說年齡的句法，改變情境，易為：「我們公教宿舍，二十坪有餘，三十坪不足。」（《人間煙火》）呈現數字約略不定的趣味，引人會心。又王勃〈滕王閣序〉：「落霞與孤鶩齊飛，秋水共長天一色。」阿盛〈急水溪事件〉藉以描繪水災：「居民撩起褲管收這拾那，屋子裏的入水與溪水共色，落雨與向屋外揮動的面盆齊飛，每個地方都有人在問：雨哪會落不停？」（《行過急水溪》）以「入水與溪水共色，落雨與向屋外揮動的面盆齊飛」鮮活刻畫大雨成災，人們舀水搶救的實際慘況。凡此，靈活運用，翻新語感，勢將擴大文字創作的空間。

參、用其意

一、分類

用其意大抵可分暗用、推衍、翻案三項。

暗用，如杜甫〈洗兵馬〉：「安得壯士天河，淨洗甲兵長不用。」而陳幸蕙〈揕子〉結尾云：「但，有朝一日，如果能夠，我仍願一借揕子那趨吉避傷的利剪，把世間所有的苦難鉸去。」（《群樹之歌》）正與杜詩立意相似。又杜牧〈秋夕〉：「天階月色涼如水。」陳義芝〈花季〉寫道：「入耳的水聲是滿眼的／月光」（《青衫》），兩者比喻相似。唯杜牧以明喻，陳義芝以暗喻。

推衍，如王維〈渭城曲〉：「西出陽關無故人。」余光中〈丹佛城〉：「西出陽關，何止不見故人，連紅人也見不到了。」（《焚鶴人》）即將王維詩句進一步推衍。又如賈島〈題李凝幽居〉：「僧敲月下門。」洛夫〈秋日偶興〉：「總在雨後／總在鐘聲輕輕推開寺門的時候。」（《魔歌》），則將主語改變，利用非具象的鐘聲展開新的效果。

翻案，如樂府詩〈悲歌行〉：「悲歌可以當泣，遠望可以當歸。」余光中反用其語，其〈山盟〉：「一萬四千英尺以上的不毛高峰，狼牙交錯，白森森將他禁錮在裏面，遠望也不能當歸，高歌也不能當泣。」（《聽聽那冷雨》）認為心理的渴望、感受，終不能消除空間隔閡的困境。又李白〈靜夜思〉：「床前明月光，疑是地上霜。」洛夫〈床前明月光〉開端，即高唱驚挺，故作反語：「不是霜啊／而鄉愁竟在我們的血肉中旋成年輪」（《魔歌》）唯緊接著仍跌入思故鄉之愁懷。

二、用意之優劣

用意之優劣，其可說者有二：

第一，用意貴於得其神理，自鑄新詞。如李白〈將進酒〉：「君不見高堂明鏡悲白髮，朝如青絲暮成雪。」及蘇軾〈惠崇春江晚景〉：「竹外桃花三兩枝，春江水暖鴨先知。」張曉風將之鎔入〈曾經〉一文：「對一個作者而言，他更關心的是一隻小鴨怎樣以自己的黃蹼為溫度計，量出了江中的春天？一臺明鏡，怎樣在一旋轉間照出了青春和暮年？」（《步下紅毯之後》）以清新問句指出創作者的藝術心靈；流利用語，完全表現語言的現代感。又李商隱〈端居〉：「只有空床敵素秋。」寫瑟瑟冷秋與空床的相對關係。至余光中〈下游一日〉：「見一朵孤蓮在秋日的金陽裏抵抗十月底的涼風，不禁立定了怔怔而視，直到他打出一個噴嚏。」（《焚鶴人》）其中「一朵孤蓮在秋日的金陽裏抵抗十月底的涼風」，和「只有空牀敵素秋」情境相似，各擅勝場。

第二，用意貴於推衍入微，翻案入理。如岑參〈與高適薛據登慈恩塔寺浮圖〉：「連山若波濤。」李白〈橫江詞六首〉其三：「白浪如山那可渡。」、其六：「濤似連山噴雪來。」均以山與波浪互喻。至鄭愁予〈山外書〉則進一步說明山的形象為：「山是凝固的波浪。」（《鄭愁予詩選集》）以「凝固」二字點明山的特質。至如賈島〈題李凝幽居〉：

「僧敲月下門。」向明〈月夜八行〉第二節寫道：

守夜的人都去那裏呢？
母親瘦削的身影一閃即逝
院裏不得其門而入的那株苦竹
頻頻以影子叩窗，探問

最後兩行「院裏不得其門而入的那株苦竹／頻頻以影子叩窗，探問」（《水的回想》），以「苦竹」為主語，以「影子」如手敲扣，設思可說較賈詩更入幽微，更見精巧。另如張若虛〈春江花月夜〉：「江畔何人初見月，江月何年初照人？……不知江月待何人，但見長江送流水。」羅青一改原詩旁觀敘述為我與月的互動關係，其〈床前的月亮〉（《吃西瓜的方法》）結尾：

我知道這不是我，第一次看月亮
月亮也知道這不是他，最後一次看我
我不知道誰是第一個看月亮的人
月亮也不知道誰是，他看到的
最後，一人

將原詩「初見」引申為「第一次看」，而將「初照」反用成「最後一次看」，始終採取兩極相對（「第一次」、「最後一次」）的思維，理路較原詩更周延更深入。似此推衍翻用，往往見今人構思取喻之精妙。

肆、用其法

一、分 類

用其法，可包括謀篇立意、章法結構、字句修辭之運用。

謀篇立意中，有以演繹法見長者。如江淹〈別賦〉，以首段開端二句「黯然銷魂者，唯別而已矣！」為總綱，後分述居人、行子、主客、思婦、方外、佳人之種種別情。文末以「誰能摹暫離之狀，寫永訣之情者乎？」總結。至張曉風〈我喜歡〉（《曉風散文集》），全篇以「我喜歡活著，生命是如此地充滿了悅愉。」為綱本，後述說三十多種喜歡之事，文末以「我喜歡能在我心裏充滿著這樣多的喜歡！」收束，正與〈別賦〉謀篇相似。此外，謀篇中有以歸納法稱著的。如賈誼〈過秦論〉上篇，歷述秦孝公、惠王、孝文王、昭襄王、秦始皇事蹟，而後提出結論：「一夫作難而七廟隳，身死人手，為天下笑者，何也？仁義不施，而攻守之勢異也。」一語中的。及銀正雄〈沉痛的感覺〉，歷述狙擊、命案、〈創世記〉十一章記載巴別城、阿富汗戰爭、受不了聯考自殺、耶穌與十二門徒的夜晚、饑荒的衣索匹亞，最後一段總收各段，直道：「這世界衹要有人，似乎就會有看來愚蠢的悲劇，這是人類一手導演出來的，但很多人卻因此而犧牲了。而他從這些報導感受到的，卻是一種沉痛，千古的沉痛。他扭熄了檯燈，夜，很深，很深了。」（第八屆時報文學獎散文類甄選獎）正與〈過秦論〉架構相似。

就章法結構而言，有善於開端者。如杜甫〈畫鷹〉五律首聯：「素練風霜起，蒼鷹畫作殊。」突兀起筆，劈頭即云白絹上乍起風動霜臨之勢，使人驚愕，接著才道出原是特殊鷹畫所造成的心理感受。後鄭愁予〈野店〉第一小節：「是誰傳下這詩人的行業／黃昏裏掛起一盞燈」（《鄭愁予詩選集》），首句則以問句揭起，逆折生波，而後才說明原是黃昏裏掛起一盞燈，造成作者聯想遂有此一問。另外，有善於結尾者。如蘇軾〈前赤壁賦〉結尾：「相與枕藉乎舟中，不知東方之既白。」以散筆否定收束，意有未盡，引人遐思。至蕭蕭〈美堅利堡〉結尾：「我回過頭／那墳堡，聽不到一聲嘆息／聽不到一聲嘆息」（張漢良編《七十六年詩選》）亦以否定遮撥，悠悠逗思，淵永含蓄。

就字句修辭而言，修辭技巧今古相通。如轉品，蔣捷〈一剪梅〉：「紅了櫻桃，綠了芭蕉。」瘂弦〈出發〉：「海，藍給它自己看」（《深淵》），其中顏色字均當動詞。如回文，《老子》第八十一章：「信言不美，美言不信。」張曉風〈不是遊記〉：「日光白如飛塵，飛塵白如日光。」（《曉風散文集》）其中均運用回文技巧。如類字，韋莊〈菩薩蠻〉：「珍重主人心，酒深情亦深。」林錫嘉〈父親〉：「看秤鉈好像很高興的高高翹起，鉈心有如父心。父親說：『多給人一兩半兩。』」（《六六集》）分別以「深」、「心」為類字重出。如壓縮，李白〈將進酒〉：「君不見高堂明鏡悲白髮，朝如青絲暮成雪。」陳義芝〈離〉：「愀然一夜／妻的髮已爆滿梨花」（《青衫》），均壓縮時間，製造慨嘆。似此相通之例甚多。

二、用法之優劣

用法之優劣，其可說者有二：

第一，謀篇、章法，講究構思，均以配合內容發展為上。如李商隱〈淚〉：「永巷長年怨綺羅，離情終日思風波。湘江竹上痕無限，峴首碑前灑幾多。人去紫臺秋入塞，兵殘楚帳夜聞歌。朝來灞水橋邊過，未抵青袍送玉珂。」首句寫失寵之怨，次句述離恨之悲，三句言舜妃泣竹之淚，四句用羊叔子墮淚碑之典，五句道昭君出塞之哀，六句云項羽垓下被圍之嘆，一路排比而來，最後提出義山個人結論，以為寒士送迎大官的悲怨才是無與倫比。至瘂弦〈如歌的行板〉，亦採用排比歸納的篇法。透過「溫柔之必要」、「肯定之必要」等種種亮麗與荒謬情境的鋪陳，最後一節提出結論：「而既被目為一條河總得繼續流下去／世界老這樣總這樣：——／觀音在遠遠的山上／罌粟在罌粟的田裏」（《深淵》），指出光明與陰影並存、神聖與罪惡同步，正是生命存在的真實。於此，李商隱藉歸納法突顯個人強烈的悲情，瘂弦則藉之傳達個人對於生命存在的省思。

至於章法結尾上，蘇軾〈後赤壁賦〉末段云：「須臾客去，予亦就睡，夢一道士羽衣翩躚，過臨皐之下。……道士顧笑，予亦驚寤。開戶視之，不見其處。」以恍惚夢境結尾，一片靈虛，飄緲有致。王鼎鈞〈紅頭繩兒〉，敘述抗戰時，校長決定埋鐘，鐘架下挖出一個深穴；文中敘述者「我」拿出表白心事的信給校長的女兒紅頭繩兒；時值空襲，大伙躲逃，轟炸後，鐘架炸坍，工人埋鐘，從此沒再見過紅頭繩兒。事隔多年，「我」和校長見面，校長說空襲時她女兒跳進鐘下避難，希望有一天回去，吊起鐘來看。結尾，「我」做夢：「夢見我帶了一大群工人，掘開地面，把鐘抬起來，點著火把，照亮坑底。下面空蕩蕩的，我當初寫給紅頭繩兒的那封信擺在那兒，照老樣子疊好，似乎沒有打開過。」（《碎琉璃》），亦以恍惚夢境作結，留下無邊想像空間，引人噓唏。於此，蘇軾以夢中道士和前文的「孤鶴」相照應，王鼎鈞則以「那封信」前後聯貫，均能配合文中內容及意境加以運用。

第二，修辭技巧以能擴大運用為優。如柳宗元〈袁家渴記〉：「每風自四山而下，振動大木，掩苒眾草，紛紅駭綠。」其中「紛紅駭綠」即為化靜態為動感，夸飾形容的手法。後余光中〈山盟〉：「山口外，猶有殿後的霞光在抗拒四圍的夜色，橫在地平線上的，依次是驚紅駭黃悵青惘綠和深不可泳的詭藍漸漸沉溺於蒼黛。」文中「驚紅駭黃悵青惘綠」、「詭藍」的描繪顯然為柳氏修辭技巧之充分發揮。又如秦觀〈浣溪紗〉：「自在飛花輕似夢，無邊絲雨細如愁。」以「夢」喻「飛花」之輕，以「愁」喻「絲雨」之細，係藉抽象喻具體，以拓深情思也。至鄭愁予〈夜歌〉：「而你又覺得所有的燈都熟習／每一盞都像一個往事，一次愛情」（《鄭愁予詩選集》），以「一個往事」、「一次愛情」喻每一盞燈，即此技巧之迭用。又如朱敦儒〈西江月〉：「自歌自舞自開懷，且喜無拘無束。」藉「自」（三次）、「無」（兩次）類字重出，使音節瀏亮有致。至張曉風〈你要做什麼〉：「我仍是中天的月色，千年萬世，做一名天上的忠懇的出納員，負責把太陽交來的光芒轉到大地的帳上，我不即不離，我無盈無缺，我不喜不悲，我只是一丸冷靜的岩石，遙望著多事多情多欲多悔的人世。」（《從你美麗的流域》）文中「不」（四次）、「無」（兩次）、「多」（四次）大量重出，即此技巧之擴大運用。

伍、結語

綜上三項觀之，可見古典與現代文學之承繼蛻變，密切相關。大抵三項中，「用其辭」

為高度模仿，而「用其意」、「用其法」是高明的轉化。

以李清照〈武陵春〉：「只恐雙溪舴艋舟，載不動、許多愁」為例，試比較鎔成中的三類：

1. 用其辭：鄭明娳〈紅樓小簡〉：「你年輕的心靈能載動多少愁呢？鈞。」（《葫蘆，再見》）
2. 用其意：張曉風〈愁鄉石〉：「我們所有的只是超載的鄉愁。只是世家子弟的那份煢獨。」（《曉風散文集》）
3. 用其法：淡瑩〈楚霸王〉第八小節：「烏江悠悠／東渡／無船載得動昨日的霸氣／身後／天兵的旌旗捲起風跟雲」（《創世紀》第三十三期）

其中，鄭明娳將李清照詞以疑問句出之。張曉風將「載不動」衍申為「超載」，於是「超載的鄉愁」一語顯得相當現代。至淡瑩運用李清照詞中修辭技巧，寫項羽將渡烏江時的沉沉慨嘆，重新造境，予人耳目一新。就鎔成層級而言，「用其辭」較易，「用其意」、「用其法」較優。事實上，如何神而明之，展現「再造性」的新想像、新語感，應該是現代文學在創作上值得努力的方向❼。

❼ 此為古典詩中的「鎔成」。至於小說、電影中的「鎔成」，可參張春榮《文學創作的途徑》中〈踵事增華——再造的想像㈠〉、〈風雲變化——再造的想像㈡〉（爾雅，二〇〇三）。

才下眉頭，卻上心頭
——情景相對

李清照〈一剪梅〉下闋云：

花自飄零水自流，一種相思，兩處閒愁。此情無計可消除，才下眉頭，卻上心頭。

結尾「才下眉頭，卻上心頭」，深刻描繪出感情擾人的特質；本以為安頓妥當，孰料又不禁思念懷想。一縷情絲，出沒不定，難以捉摸；輕黏心田，揮之不去，真教人惘然長嘆。

事實上，李清照這兩句和范仲淹〈御街行〉中：「都來此事，眉間心上，無計相迴避」的感慨相似。只不過范仲淹用來寫孤眠不寐、鄉愁盈懷的滋味。兩相比較，可說者有：第一，范氏以單句敘述，李氏以對句表現。對句中藉「下」、「上」方位詞，變化情思。第二，范氏用語未有類字重出（亦稱「隔離反複」），李氏以「頭」字重出，增強音節。大體言之，「都來此事，眉間心上，無計相迴避」，以樸素白描見長；「此情無計可消除，才下眉頭，卻上心頭」，以駢偶流利取勝。

然而進一步分析「才下眉頭，卻上心頭」，可以發現「才下眉頭」寫外在具象動作，「卻上心頭」寫內心主觀感受，構成「情景相對」的關係，虛實相映，引人遐想。於此，若兩句都是寫「情」（如「才下念頭，卻上心頭」），或寫「景」（如「才下眉頭，卻上鼻頭」），前者將過於揭露，有失蘊藉；後者則流於文思狹窄，嚼之乏味。均不如原先「情景相對」的鮮活趣味。

因此，歷來遣詞造句莫不注重情景映襯。如李白〈江夏贈韋南陵冰〉：

> 賴遇南平豁方寸，復兼夫子持清論。有似山開萬里雲，四望青山解人悶。人悶還心悶，苦辛長苦辛。

即以「人悶」、「心悶」，一景一情，相涉顯旨。李商隱〈暮秋獨遊曲江〉：

> 荷葉生時春恨生，荷葉枯時秋恨成。深知身在情長在，悵望江頭江水聲。

第一句中「荷葉」、「春恨」，第二句中「荷葉」、「秋恨」均各自情景相映。至第三句「身在情長在」更點出內外一致的情感世界，在全詩前後重出的「生」、「在」、「江」（當句重出）、「荷葉」（對句重出）的音節中使人一唱三嘆。王質〈倦綉圖〉：

> 佳人手閒心不閒，腸斷吳江煙水寒。

「手閒心不閒」正是當句的情景相對。陸游〈塔子磯〉：

> 古來撥亂非無策，夜半潮平意未平。

「潮平意未平」亦屬情景相對。韋莊〈菩薩蠻〉：

> 珍重主人心，酒深情亦深。

「酒深」為具象之景、「情……深」為內在之情；畢竟情景造句，最能鮮明抒懷。陳允平〈唐多令〉：

客路怕相逢，酒濃愁更濃。

亦是相同技巧，讓慨嘆在「酒濃」（即「景」）、「愁更濃」（即「情」）互映中悠悠浮升。另吳文英〈鷓鴣天〉：

鄉夢窄，水天寬，小窗愁黛淡秋山。

「鄉夢」、「水天」則情景對舉，利用「窄」、「寬」相對，反顯現實空間阻隔造成之無奈。現代文學中，亦不乏情景映襯之例。余光中〈樂山樂水，見仁見智〉（《憑一張地圖》）：

高雄是不是文化沙漠，對我來說並不重要。重要的是：高雄人的心頭有沒有青綠的生機，高雄人的筆頭有沒有滋潤的水氣。

以「心頭」與「筆頭」相對。琦君〈酸辛慈母心〉（《玻璃筆》）：

一位美國友人對我說：「孩子幼時踩在你腳尖上，長大踩在你心尖上。」

「腳尖」、「心尖」❶，一為能見、一為所感，形成鮮活對照；原本做母親的，沒有「放

---

❶ 琦君〈母心似天空〉：「兒女幼年時，踩在你腳尖上，長大了卻踩在你心尖上。」（《母心似天空》）亦以「腳尖」、「心尖」情景相對。若徐志摩〈死城〉（郁達夫主編《中國新文藝大系》）：「廉楓感到一種奇異的戰慄，從他的指尖上直通到髮尖。」其中「指尖」、「髮尖」均為實景。

心」，只有永遠的「掛心」。又其〈媽媽的手〉（《三更有夢書當枕》）：

想想母親那時，一切都只有她一個人忙，割破手指，流再多的血，她也不會喊出聲來。累累的刀痕，誰又注意到了？那些刀痕，不僅留在她手上，也戳在她心上。

「手上」、「心上」分別寫景、寫情。梁錫華〈英倫憶舊〉（《明月與君同》）：

但鄙人尚在加拿大之日，已蒙導師耳提面命，到英國只許被書鎖，不許被情鎖。

以「書鎖」、「情鎖」構成正反相對。張辛欣〈國門關閉的聲音〉（七十八年六月十七日《中國時報》副刊）：

那個比喻太浪漫了！一個小和尚，坐在大廟裏，門突然打開的時候，看見外邊的花、草地和姑娘，門再關上的時候，心關不住了。

以「門……關上」、「心關不住」相對，轉變文意。席慕蓉〈金絲籠中的鳥〉（《畫出心中的彩虹》）：

沒有幾件漂亮的衣服，可是大家會交換著穿，沒有可以隨意揮霍的金錢，可是有可以隨意揮霍的愛和關心。

「金錢」為外在景物，「愛和關心」為精神財產，二者形成有無相對。沙穗〈深閨〉（七十三年十一月二十八日《聯合報》副刊）：

對著鏡子　喃喃自語

髮亂了有梳子
心亂了呢？

由「髮亂」而反問「心亂」❷，正是由景而情。王添源〈雪路十四行〉（《如果愛情像口香糖》）：

路境在來不及調適的前進中起伏
心境在落差之間蜿蜒曲折

「路境」、「心境」，兩者平行展開。朵思〈咳〉（《創世紀》第六十二期）最後一小節：

最好不要太過濁濃
最好也不要有鳳凰花開的燦爛
一見殷紅
心就會咳出秋涼
臉頰也會咳出淚濕

❷ 沙穗〈小蝶〉：「『頭髮亂了，你幫我梳，心亂了你能梳嗎？』她抬頭望了我一眼，我發現她眼裏有淚。」（《小蝶》）文中亦以「髮亂」、「心亂」對舉。至於張錯〈傾訴〉（《錯誤十四行》）：「假如我底亂髮是糾纏在黑暗的根鬚／你可願把我扯到河邊／把我煩亂的情緒理出一個頭緒」，其中以「情緒」、「頭緒」對舉。

「心」與「臉頰」情景相對。張錯〈我們漸漸知道〉(《錯誤十四行》)：

我們漸漸知道
我們已由家想到鄉
我們已開始用美金
來估量鄉愁
數字越高，鄉愁越重

「美金」的「數字」與「鄉愁」，一為景物、一為情懷。袁則難〈香港傳奇〉(《不見不散》)：

你哥哥整天在家打轉，甜言蜜語，今天投資，明天做生意，把錢騙得七七八八後，便來往得少了。初時還久不久便蜻蜓點水似的回來打個圈，看看還有沒有剩餘物資。到我搬到這裏住，以為我窮得要住木屋，便開始嫌路遠。從大街到這裏，多不了十分鐘路程，說穿了不是路遠，是人心遠。

文末「不是路遠，是人心遠」，由路之不遠反襯大兒子的冷淡疏遠，中有控訴悲情。

事實上，情景相對的運用，相當普遍。如：

1.故鄉只在傳說裏，只在心上紙上。(王鼎鈞《左心房漩渦．水心》)

2.在日式的古屋裏聽雨，聽四月，霏霏不絕的黃霉雨，朝夕不斷，旬月綿延，濕黏黏的苔蘚從石階一直侵到他舌底，心底。(余光中《聽聽那冷雨．聽聽那冷雨》)

3.「爸爸的腳重嗎？」
「好重噢！因為腳重心就重了。」（陳冠學《父女對話・父女對話》）

4.後來雖然真的從此諸事不管，卻是身退心不退。因為他們還有個「晚子」，他，猶未成家。（亦耕《面對赤子・阿兄的祝福》）

5.在我看來他們是住在世界的邊緣了，可是他們卻終日嚮往著繁華的生活，他們的身雖在邊地，心卻沒有在邊地。（林清玄《鳳眼菩提・星的中心》）

6.斷不了的一條絲在中間
就牽成渺渺的水平線
一頭牽著你的山
一頭牽著我的眼
一頭牽著你的樓
一頭牽著我的愁（余光中《紫荊賦・別香港》）

7.你問我會打中國結嗎？
我的回答是搖頭
說不出是什麼東西
梗在喉頭跟心頭（余光中《夢與地理・中國結》）

8. 雨　有雨驟降
　　經眼又經心的
　雨　不讓我去讀（辛鬱《豹・演出的我》）

例中「心上」、「紙上」，「舌底」、「心底」，「腳重」、「心重」，「身退」、「心不退」，「身」、「心」，「樓」、「愁」，「喉頭」、「心頭」，「經眼」、「經心」，均為情景拈連中最常見的表現方式。

綜上所述，抒懷言志，由景及情，由事而意，宜於情景相對；並藉由類字重出，使節奏更流利。似此詞彙之運用，如：「髮絲」、「柳絲」、「雨絲」為景，「情絲」、「愁絲」為情；「蓮花」、「燭花」、「白花」為景，「心花」為情；「樹苗」、「豆苗」、「花苗」為景，「愛苗」為情；「山中」、「雲中」、「水中」為景，「心中」、「意中」、「夢中」為情，其實即是同中有異，異中有同的「同異」解格❸。相信若能靈活運用此等情景相對的詞彙，發揮同異詞的精妙變化，必能增添文章音義之美。

凡此為字句修辭中的情景相對，若擴及篇章，則成為「情景」結構❹。似此由景而

---

❸　參張春榮〈正確與精微——複詞的運用〉《修辭新思維》，萬卷樓，二〇〇一）。

❹　另可參李元洛〈如花怒放　光景常新〉《詩美學》，一九九〇）、仇小屏〈「情景」結構〉《篇章結構類型論》，萬卷樓，二〇〇〇）。

情、由情而景的描寫敘述，則是「情景」觀念「點、線、面」（字詞、句群、結構）的充分運用，值得條貫而上，統整掌握。

大漠孤烟直

——常字見巧

王維〈使至塞上〉：

單車欲問邊，屬國過居延。征蓬出漢塞，歸雁入胡天。

大漠孤烟直，長河落日圓。蕭關逢侯騎，都護在燕然。

其中五、六二句寫景，相當出色；以高空直線配合平面之圓圈，構成幾何圖形對比之美，予人印象深刻。尤其「大漠孤烟直」一句，前人特別欣賞。據趙殿成《王右丞集箋注》云：

或謂邊外多迴風，其風迅急，裊烟沙而直上。親見其景者，始知直字之佳。

指出用「直」字形容「孤煙」，係有其事實根據，非隨意為之。至《紅樓夢》第四十八回，談及王維此詩：

香菱笑道：「我看他塞上一首，內一聯云：『大漠孤烟直，長河落日圓。』想來煙如何直？日自然是圓的。這『直』字似無理，『圓』字似太俗。合上書一想，倒像是見了這景的，要說再找兩個字換這兩個，竟再也找不出兩個字來。」

更指出用「直」字「似無理」，因為大漠孤煙不可能百分之百的垂直，再怎麼迴風捲直或寂寞無風，孤煙一定會有些偏斜，有點彎曲。可見用「直」字形容，並非絕對寫實，其中帶有作者王維主觀寫意的成分在內❶。透過「直」字，作者大膽呈現他視覺經驗的強烈印象，鮮活逼出廣闊大漠的情景，使人如身歷其境。因此，曹雪芹通過香菱口吻，稱說雖想用其他字代換，竟也尋找不出。

而經由以上探討，我們可以抓住鍊字的兩個原則：第一，要有事實根據，要能逼近真實。第二，要有一絲寫意成分在內，形成特殊美感畫面；雖「似無理」，但能妙傳生動情境，一新耳目。即以描寫「孤煙」為例，王維即有不同的描繪方式：

1. 惆悵極浦外，迢遞孤烟出。（〈和使君五郎西樓望遠思歸〉）
2. 渡頭餘落日，墟里上孤烟。（〈輞川閒居贈裴秀才迪〉）
3. 渺渺孤烟起，芊芊遠樹齊。（〈青龍寺曇壁上人兄院集並序〉）
4. 遠縣分諸郭，孤村起白烟。（〈遊悟真寺〉）

分別以「出」、「上」、「起」描寫孤煙浮動情況。唯這些用字均過於寫實，未能構成較突出的美感形象。試將「大漠孤烟直」，換上這些字，成為「大漠孤烟出」、「大漠孤烟起」、

❶ 杜甫〈送張二十參軍赴蜀州因呈楊五侍御〉頷聯：「兩行秦樹直，萬點蜀山尖。」其中「兩行秦樹直」則較為寫實。

「大漠孤烟上」，可以明顯看出這些寫景缺少一絲靈動的寫意色彩；構圖雖是合理，但未能新鮮微妙，引人神往。

由此觀之，如何選擇用字，特殊組合，超常搭配，表達主客相攝、無理而妙的旨趣，是開拓創作天地的重要門檻。以王維〈秋思二首〉之一為例：

網軒涼吹動輕衣，夜聽更生玉漏稀。月渡天河光轉濕，鵲驚秋樹葉頻飛。

第三句「月渡天河光轉濕」相當精彩。尤其「濕」字，指出銀河中的月光水盈盈般的具體視境；進而點出月光浸過銀河的水，成為一片透心涼。其中即加上作者主觀聯想，以寫意筆法，喚起細膩的感官經驗，正是「通感」（亦稱「移覺」）。

至於小說中體物寫實的白描中，亦往往活潑用字，經營出維肖維妙的藝術天地。如《紅樓夢》第四十回，劉老老在大觀園製造笑料：

劉老老拿起箸來，只覺不聽使，便道：「這裏的雞兒也俊，下的蛋也小巧、怪俊的，我且得一個兒！」眾人方住了笑，聽見這話，又笑起來。

句中「俊」字用得相當妙。因「俊」原指才智過人，容貌美好，此處用來形容「雞」和「蛋」，而不說「雞兒很肥，下的蛋也不錯，怪圓的」，確實生動有致，逗人發噱。同樣，《紅樓夢》第三回，描繪探春造型：

削肩細腰，長挑身材；鵝蛋臉兒，俊眼修眉；顧盼神飛，文彩精華，見之忘俗。

用「俊」形容「眼」，而拋開「美目」、「明眸」的一般語彙，可見作者經營文字的能力。而後蕭麗紅〈心井〉（《冷金箋》）藉閩娃口吻：

有個鏤月、裁雲，眼神很俊，喜歡學三姨太描著微紅透著梨色的眉筆，比起一貫的黑眉，不知增幾分俏。

進而以「俊」形容眼神，亦頗能推陳出新。如果只寫說「眼神很活」、「眼神很美」、「眼神很亮」，恐均不如「眼神很俊」的語意來得豐富、來得令人懷想。

此外，如《鏡花緣》第三十一回，論及韻書：

蘭音道：「甥女何嘗見過韻書？想是連日聽舅舅時常讀他，把耳聽滑了，不因不由說出這四字。其實甥女也不知此句從何而來。」

不用「聽多了」或「聽熟了」，而用「聽滑了」，謂那些話常在耳際滑溜打轉，確實增加語言靈動的魅力。又如張愛玲小說《怨女》，寫小劉和銀娣的交往：

回到家裏，發現有一大包白菊花另外包著，藥方上沒有的。滾水泡白菊花是去暑的，她（銀娣）不怎麼愛喝，一股青草氣。但是他每天泡著喝，看著一朵朵小白花在水底胖起來緩緩飛升到碗面。一直也沒機會謝他一聲，不能讓別人知道他（小劉）拿店裏東西送人。

其中「一朵朵小白花在水底胖起來」，「胖」字用得極好。若只寫為「一朵朵小白花在水底浮起來」或「一朵朵小白花在水底大起來」或「一朵朵小白花在水底漲起來」均屬客觀寫實，不若用「胖」所構成的擬人趣味。同樣，蔡碧航〈生命二章〉《一葉》：

有些小心靈耐不住這樣的等待，焦急的用小指頭把泥土翻開來瞧瞧，發現種子變胖了，有些甚至快要長出根芽來，沒有心理準備的小心靈好像吃了一驚，慌亂的趕忙把它們種了回去。

「種子變胖」亦以擬人構詞。同理，「胖」的相似字「肥」，亦可自此觀點運用。如蕭白〈春雨〉《白屋手記》：

一地雨，養肥了一片積水，積水的波動彷彿一堆年輪。

王鼎鈞〈眼科診所和眼睛〉《左心房漩渦》：

聽說那小城高了不少，也肥了不少。我們的良醫當然也龍鍾了不少，玻璃體也渾濁了不少。

以「肥」說「積水」及「小城」擴充，均構思活潑。蕭白〈小草〉《白屋手記》：

跌下來的雨點，濺濕了一地小草。

一地小草也被雨弄得十分肥胖。

更結合「肥」、「胖」，以描寫小草濡濕形象。與「肥」相對的「瘦」，羅英〈河的見證〉《盒裝的心情》：

「今天河又瘦些了嗎？」他一面將她從公園的椅子上扶起來，一面問她。

朵思〈The Musicians〉（《大海洋》詩刊第十六期）第一小節：

拖著六十四分音符一般沉重的
生活的擔子，和
全音符空洞的肚子 The Musicians，穿過
現實的針孔
連靈感都瘦了

以「瘦」說「河」及「靈感」，形成由具體帶至抽象的「拈連」，予人耳目一新。另外張愛玲〈五四遺事〉（《惘然記》）：

老太太發誓說她偏不死，先要媳婦直著出去，她才肯橫著出去。

運用「直」、「橫」鮮明對比，突顯雙方形象特徵，此即「借代」，強調要媳婦離去，不再踏入家門；老太太自己才肯躺下，離開世間。「直」、「橫」二字在此深刻傳達老太太心中的憤怨。

又綜上所述例證，可見鍊字並非一定要用艱深冷僻的字眼。只要能善加揣摩，像常見的「直」、「橫」、「濕」、「俊」、「滑」、「胖」、「肥」、「瘦」等，均能發揮功效，產生逼真入妙的佳句。似此，即字句修辭中藉由「搭配」、「組合」，形成陌生化的效果❷。其中

「搭配」、「組合」方式，正運用對比、通感、擬人（亦稱「轉化」）、拈連、借代，展現「常字見巧」的語言藝術，化平凡為不平凡，推陳出新，綻放「舊字句、新意境」的創造力，值得細加斟酌、體會。

---

❷ 語詞搭配陌生化的方式有三：「1.具體詞與抽象詞、可見詞與無形詞超常搭配；2.人物詞與非人物詞的搭配；3.表示人的不同感覺的詞語的搭配。」見姚亞平《當代中國修辭學》（廣東教育，一九九六）。

野渡無人舟自橫
——反身性

韋應物〈滁州西澗〉：

獨憐幽草澗邊生，上有黃鸝深樹鳴。春潮帶雨晚來急，野渡無人舟自橫。

首句「獨憐」二字點出詩人內心的幽緒，並藉著見聞、動靜的對比，捕捉眼前寬閒之景；於是孤舟入目，清靜入耳；「野渡無人舟自橫」成為詩人心境的投影。其中「自」一字，寫出自得悠然的意趣。

大抵古典詩詞中，詩人好用「自」以表現物本身的關係。如杜甫〈蜀相〉：

映階碧草自春色，隔葉黃鸝空好音。

「碧草自春色」言碧草自身又青青鮮綠。李華〈春行寄興〉：

芳樹無人花自落，春山一路鳥空啼。

「花自落」寫花紛紛飄落。分別以「自」修飾底下的表語（「春色」）、述語（即不及物動詞「落」）。至現代詩文，繼承此等表現方式，如張曉風〈梅妃〉（《步下紅毯之後》）：

女為悅己者容，悅己者若不可遇，美麗仍自美麗。

李瑞騰〈鑿圳者〉（張默編《感月吟風多少事》，爾雅）：

百年前一灘汗血鹹腥猶存，
斑剝斑剝的碑石兀自斜立。

亦分別以「自」修飾底下的表語（「美麗」）、述語（不及物動詞「立」）。然而現代詩文除繼承此等觀點及句型外，更進而求新求變，以表現更曲折更繁複的情境。

現代詩文思維，特重物與自身的關係；透過反身自視，呈顯細膩新穎的視境。以「花」為例，古典詩中杜甫〈遣懷〉云：

愁眼看霜露，寒城菊自花。

又〈憶弟〉：

故園花自發，春日鳥飛還。

其中「菊自花」、「花自發」，均陳述花自身綻開的客觀事實。至現代詩中，如洛夫〈秋日偶興〉（《魔歌》）：

澗水邊
一朵山花
在一瓣瓣剝自己的臉

又其〈黑色的循環〉（《魔歌》）：

鳥　驚起

風　脫下衣裳

花　捧著自己的臉

則經由「剝」或「捧」的及物動作，以「花」自身（「自己的臉」）為賓語（受詞），構設出特異鮮活的語感。試看古今描寫變化，元稹〈行宮〉：

寥落古行宮，宮花寂寞紅。

以「寂寞」形容紅艷宮花予人的心理感受，偏於靜態呈現。至余光中〈駛過西歐〉（《憑一張地圖》）：

半下午的小鎮上，家家閉門，户户關窗，只有窗臺上的姹紫嫣紅開著寂寞，而我更是寂寞的車客，在鎮民的午夢中飄浮而過。

「姹紫嫣紅開著寂寞」則以「花」為主體，偏於動感呈現，突顯「開」動作所造成的結果「寂寞」（「寂寞」當名詞）。進而可以再加衍申：「姹紫嫣紅開給自己靜靜觀看」，開展出不同視角的語境。似此觀點之突破，現代詩文之造句得以另闢蹊徑，自顯獨特語感。

基於收視反聽的態度，反求諸己，與自身相凝視，「自己」遂成為常見的受詞。因此，現代詩文多以敘事句明確傳達物我分別與其自身的關係。描述物與其自身者，蕭白〈四月陽明〉（七十四年五月十四日《臺灣新聞報》副刊）：

迎一路的風來風去，山風才是不被羈絆的，然而山風常常也撞響自己。

蕭白〈武陵溪上〉（六十五年十月五日《聯合報》副刊）：

最誘惑的還是溪水，溪水從一個松林裏轉出來，溪水淌流著如高粱酒的明淨，浪花跳出汽水泡沫，這道溪水應是年年月月洗滌著自己，洗落了最後的沉澱。

林清玄〈暖暖的歌〉（《冷月鐘笛》）：

讓世界的噪鬧去喧囂他們自己吧！讓湖光山色去清秀他們自己吧！讓人群從遠處走來或者自身邊擦過吧！我們只要用四個手掌，圍成一個小小的谷，純粹只有我們自己的風雨和陽光，縱是落雪之夜，讓寒冷凝結在無邊的黑暗中，我們的世界裏唱著一首暖暖的歌。

其中「山風……撞響自己」，「溪水……洗滌著自己」，「世界的噪鬧去喧囂他們自己」、「湖光山色去清秀他們自己」均為反身性句法。至於呈顯人與自身關係者，如喻麗清〈風木哀思〉（《無情不似多情苦》）：

然而，終母親一生，……在她生命的爐子裏，我們任意一塊一塊的取走了她的炭而不自知。她也不喊冷，她燒自己取暖。我們，唉，真是何其遲鈍。

洛夫〈蠱惑〉（《一朵午荷》）：

他說惟有在絕對的孤寂中才會感到存在。喏，就在這裏，伸手即可抓到自己。可是這次在無意中第一次聽到自己的鞋聲是如此幽微而空曠，他竟掩面哭泣起來。

張曉風〈梅妃〉（《步下紅毯之後》）：

你曾哭過，在剛來上陽宮的日子，那些淚，何止一斛明珠呢？情不可依，色不可恃，現在，你不再哭了，人總得活下去，人總得自己撐起自己來，你真的笑了。

張曉風〈那件事〉（《從你美麗的流域》）：

裊裊的煙霧中，他既是信徒，也是神明，他在寂寞的殿堂裏供奉著自己。

許達然〈谷〉（《遠方》）：

在沒有人願來的晌午我來了。應該帶一本書來，但什麼也沒帶，只帶來自己。

洛夫〈初臨天安門廣場〉（《聯合文學》第五十期）：

我懷著一面鼓
進入廣場
一路搥擊自己的胸脯
以咚咚的
心跳　抵抗來自
四面八方
裂帛似的空曠

我敲打著自己
昂昂然
進入廣場

渡也〈我〉（《落地生根》）：

那杜鵑葫蘆竹秋海棠
玫瑰水仙榕樹七里香……
原來都是
三十四歲的我
我終於明白
五年了，我是在種
自己

分別以「燒」、「抓到」、「撐起」、「供奉」、「帶來」、「敲打」、「種」動詞勾勒，刻畫反身自視的各種情境。

除了以上敘事句外，進而可運用把字式與遞繫式❶句型，形塑語境。如張曉風〈你

---

❶ 把字式句型為：主語（主詞）＋把（將）＋賓語（受詞）＋述語（動詞）。遞繫式句型為：主語（主詞）＋述語（動詞）＋賓語（受詞）兼主語（主詞）＋述語（動詞）＋賓語（受詞）。

還沒有愛過〉（《你還沒有愛過》）：

有人站在蘆溝橋頭，在橋柱中把自己站成橋柱，在滿橋數不清的石獅子中把自己站成活的獅子——那年輕的兵，他愛過了。

翔翎〈春訊〉（見大地詩社《大地之歌》，東大）：

一天晚上
寒氣盡去
那棵柳在短牆邊迅速抽芽
把自己站成一個春

分別以把字式暗喻「人」為「橋柱」、「活的獅子」，暗喻「柳」為「春」的縮影。至於司馬中原〈暮〉（《月光河》）：

從一味情感的悲愁中解脫出來，才彷彿覺出：眼裏的黃昏並不亮給自己看。

以遮繫式句型「並不亮給自己看」指出廓然大公的精神。洪素麗〈一花一葉耐溫存〉（《浮草》）：

美人蕉，幼小的蕉葉般捲曲的綠葉心，撐出豬耳朵般肥厚臃腫的花瓣，十分賤生粗長，廢水泥汙中它開得多自在！鮮黃、朱紅，原始色彩中最烈性的顏色，像剛健亮眼的村婦，淋它一頭西北雨，颱風怒搖它兩日夜，烈日毒辣辣燒它，它仍欣欣長著，油光水亮地美給它自己看。

以「油光水亮地美給它自己看」強調美人蕉的自珍自重。洪素麗〈沅有芷兮澧有蘭〉《十年散記》：

白芷與幽蘭未沾上人的氣息以前，寂寞地美給她自己看，春榮秋枯，沒有多餘的概念可煩惱。

其中「美」當動詞。而美給自己看，正是自矜自重；絕代風華終在寂天寞地中花開花謝，自我欣賞。至於張愛玲〈私語〉《流言》：

一直等她出了校門，我在校園裏隔著高大的松杉遠遠望著那關閉了的紅鐵門，還是漠然，但漸漸地覺到這種情形下眼淚的需要，於是眼淚來了，在寒風中大聲抽噎著，哭給自己看。

余光中〈一武士之死〉《在冷戰的年代》：

終於有一個秋天不見那蒙面人
數叢鮮黃留下，像誰的
魂魄，淒涼給自己看。

張默〈故事續集〉《愛詩》：

其實，我什麼也不是

我只是喜歡重複一齣鮮活的事件
扔給喜歡淒絕的自己，看

則以此句型：「（她）哭給自己看」、「魂魄，淒涼給自己看」、「扔給喜歡淒絕的自己，看」十足顯現人物本身的孤寂淒涼。

由此觀之，韋應物「野渡無人舟自橫」所呈現的世界較為單純，只寫「自橫」的情境，未再加任何詮釋；意思極寬，可包涵較多可能。而現代詩文，則不以此種表現方式為滿足，進而以自身為受詞，確實限定，並詳加說明，指陳更深入一層的真實及感慨。而此二者之差異，則為有志現代文學創作者所該確切掌握。

不知東方之既白

——否定句

壹

蘇軾前後〈赤壁賦〉，人稱上品。兩篇文字空闊靈動，虛實相生，尤其最後一段結尾處，一片飛白，各有飄緲之致。〈前赤壁〉結尾云：

客喜而笑，洗盞更酌；肴核既盡，杯盤狼藉；相與枕藉乎舟中，不知東方之既白。

〈後赤壁〉則為：

須臾客去，予亦就睡，夢一道士羽衣翩躚，過臨皐之下。……道士顧笑，予亦驚寤。開戶視之，不見其處。

其中「不知東方之既白」、「不見其處」，分別以否定句收束，意有未盡，引人遐思。

貳

蓋詩文對句，自古以來有一類即以肯定與否定相對（如「知／不知」、「然（是）／不然（不是）」、「可／不可」、「見／不見」、「不知／但見」等）；一正一反，用以曲盡情懷，翻疊轉折，拓深文思。如《詩經・黍離》：

知我者，謂我心憂；不知我者，謂我何求？

《孟子・公孫丑》：

知而使之，是不仁也；不知而使之，是不智也。

無不雙面俱到，以求淋漓盡致。韓愈〈祭十二郎文〉，文內作者追懷感喟，恍惚自問：

乃問使者，使者忘稱以應之耳。其然乎？其不然乎？

文末語涉黯然：

嗚呼！言有窮而情不可終，汝其知也邪？其不知也邪？嗚呼哀哉！尚饗。

以問十二郎亡魂「知」與「不知」作結，加上虛字及反詰語氣之運用，倍感哀戚。另張若虛〈春江花月夜〉：

人生代代無窮已，江月年年望相似。不知江月待何人？但見長江送流水。

以「不知」和「但見」形成心理與視覺之轉折。而此種遮撥翻疊方式，亦見於單句。如陳衍〈鄧尉口號〉：

泊舟急遽登高望，不見靈巖只見湖。

屈大均〈弔厓山宋端宗陵〉：

一路松楸接海天，荒陵不見見寒煙。

以「不見」、「見」構成一反一正的敘述筆法。

由此正反相對角度觀之，蘇軾前後〈赤壁賦〉結尾，亦可於「不知東方之既白」後，補「只知內心之酣樂」；於「開戶視之，不見其處」後，補「但見月光」或「但聞蟲聲」；然如此一來，費詞揭露，有失原作空靈意境。蘇軾於此，當有意留白。以「不知東方之既白」勾出忘懷沉酣，以「不見其處」點出恍惚之感。至於所「知」所「見」，則不必再寫，單句撼成，語意未完，召喚空白，自具餘音繚繞之效。

參

詩詞中以否定句作結，塑造無窮韻味之例證極多。絕句結尾以「不知」寄寓者，如：

1. 但使主人能醉客。不知何處是他鄉。（李白〈客中行〉）

2.今夜月明人盡望，不知秋思在誰家。（王建〈十五夜望月寄杜郎中〉）

3.日落長沙秋色遠，不知何處弔湘君。（李白〈陪族叔刑部侍郎曄及中書賈舍人至遊洞庭湖〉）

4.夢裏分明見關塞，不知何路向金微。（張仲素〈秋閨思〉）

5.涼氣颯然來，不知何處雨。（高啟〈晚涼〉）

以「不見」收束者，如：

1.自從一閉風光後，幾度飛來不見人。（李益〈隋宮燕〉）

2.晚來風起花如雪，飛入宮牆不見人。（劉禹錫〈楊柳枝詞〉）

以「不敢」逗思者，如：

1.含情欲說宮中事，鸚鵡前頭不敢言。（朱慶餘〈宮中詞〉）

2.近鄉情更怯，不敢問來人。（李頻〈渡漢江〉）

3.至今窺牧馬，不敢過臨洮。（西鄙人〈哥舒歌〉）

均給讀者想像空間，反思到底所「知」、所「見」、所「敢」者為何？又李清照〈鳳凰臺上憶吹簫〉上闋結尾：

新來瘦，非干病酒，不是悲秋。

亦採用此表現手法，只說最近消瘦，不是病酒也並非悲秋，那到底緣何？作者雖未明言，然答案已呼之欲出。畢竟憔悴消瘦，總為心底割捨不下之無限牽念。

至於現代詩中，不乏以否定句破題或結尾，以收跳躍、留白之效。如洛夫〈床前明月光〉（《魔歌》）第一節開頭：

不是霜啊
而鄉愁竟在我們的血肉中旋成年輪

以「不是霜啊」陡然破題，令人生愕。自然從詩題〈床前明月光〉，我們可以得知「不是霜啊」底下略去「是月光」一句。於此，作者以單句突起，翻生波瀾。至於結尾，蕭蕭〈美堅利堡〉（《創世紀》第七十期）第四小節「堡」：

我走下臺階默默
廣大的草皮默默地綠
不知名的樹默默地落
落下不知名的憂愁
你們的魂魄啊與風一起默默
我回過頭
那墳堡，聽不到一聲嘆息
聽不到一聲　嘆息

悠悠結尾，含蓄不露。只是「聽不到一聲嘆息」，那到底「聽到」什麼？是風的靜停？是樹的無語？是眾神的默默？是遊客喧嘩步履？究竟所聽者何，全憑讀者揣想。

透過對句觀念，我們可以掌握古今作者抒情寫志的特色，每每於結尾或開頭以否定遮撥，形成波瀾，製造想像空間；以求淵永含蓄，意在言外。似此，正是「婉曲」手法的運用❶。而透過這樣的認識，我們更能了解為什麼有些詩文（包括歌名）❷特別耐人尋味。

---

❶ 有興趣者，可另參張春榮《一把文學的梯子・只有風和蚊子住在那裡——婉曲》（爾雅，一九九三）。

❷ 時至今日，流行歌曲也常利用此種方式取歌名。如張雨生所唱：「我的未來不是夢」，讓聽眾很容易認同。既然「我的未來不是夢」，那麼「我的未來是○○」，聆聽之際，聽眾可各隨所好，自己填上答案。試想，若將歌名改成「我的未來是真實」，直接說盡，將喪失讓人悠遊其中的想像天地。另如童安格所唱：「其實你不懂我的心」亦然。隱諷之意，見於歌名之外。所謂其實你不懂我的心，意即深慨「你只懂我的○○」；其中指涉，惟有當事者自知。

載不動許多愁

——鍊　字(一)

李清照詞中，「愁」字的構詞有「閒愁」❶、「新愁」❷、「濃愁」❸等。另外，有單獨突顯「愁」一個字者。如〈聲聲慢〉云：「梧桐更兼細雨，到黃昏點點滴滴。這次第，怎一個愁字了得。」〈武陵春〉：「聞說雙溪春尚好，也擬泛輕舟。只恐雙溪舴艋舟，載不動許多愁。」等。其中，尤以〈武陵春〉下闋的構思及用字，最為特出。

就鍊字而言，動詞多由主語帶出。故李清照〈滿庭芳〉：「更誰家橫笛，吹動濃愁。」由主語「橫笛」，帶出「吹動」。同樣的〈武陵春〉：「只恐雙溪舴艋舟，載不動許多愁。」亦由主語「舴艋舟」，帶出「載不動」的沉鬱慨嘆。至於底下賓語，歷來多以具體之人或物為多，以合乎一般的感官經驗。因此〈武陵春〉結尾，顯然李清照欲勾勒出「滿懷愁緒的人」(亦即其本人)。且「滿懷愁緒的人」，李清照於〈念奴嬌〉逕稱作「愁人」❹。

---

❶〈一翦梅〉：「花自飄零水自流，一種相思，兩處閒愁。」
❷〈鳳凰臺上憶吹簫〉：「惟有樓前流水，應念我終日凝眸；凝眸處，從今又添，一段新愁。」
❸〈蝶戀花〉：「獨抱濃愁無好夢，夜闌猶剪燈花弄。」

唯整首詞最後一字，作者取「愁」而不選「人」，以達文字之藝術效果，頗耐人尋味。

此處，揣摩作者寓意，大抵有二：一、以「愁」字接上，較為靈活。若接以「人」，全句試改成：「載不動我體重」，則沾滯板重，味同嚼蠟。猶如張繼〈楓橋夜泊〉：「月落烏啼霜滿天，江楓漁火對愁眠。」若將「江楓漁火對愁眠」，改成「江楓漁火對人眠」，雖說音節相符，然寫景描繪過於落實，不如原來「愁」字生動鮮活。二、作者此處將「愁」的分量寫出。試想：心中愁緒連小船都載不動，可見「愁」的沉甸深重，絕非輕飄飄無關痛癢的閒愁而已。凝鑄成鐵般的絕愁，透過「載不動」的烘托，鮮明傳達出來。原本抽象之愁，竟成具體難移，無法排遣❺。似此虛實間之運用，抽象心覺的形象化，宋代詩文（李清照以前）即已多見。鄭文寶〈柳枝詞〉：

亭亭畫舸繫春潭，直到行人酒半酣；不管煙波與風雨，載將離恨過江南。

周邦彥〈尉遲杯〉：

---

❹ 李清照〈念奴嬌〉：「被冷香消新夢覺，不許愁人不起。」又万俟詠〈長相思〉：「不道愁人不喜聽，空階滴到明。」

❺ 愁思往往造成內心的負荷。現代詩文多言及。渡也即有「憂愁的重量」（《落地生根・九重葛》）一語。張寧靜〈冬天的海灣〉（七十三年二月二十八日《中國時報》副刊）：「離開家鄉那麼多年了，能帶走的都帶走了，但只有那分思念，卻愈來愈重。」則言鄉愁之重。

無情畫舸，都不管、煙波隔前浦。等行人、醉擁重衾，載將離恨歸去。

蘇軾〈虞美人〉：

波聲相枕長淮曉，隙月窺人小。無情汴水自東流，只載一船離恨向西州。

賀鑄〈綠頭鴨〉：

任蘭舟、載將離恨，轉南浦、背西曛。

均謂「載將離恨」或「只載一船離恨」，而不謂「載將離人」或「船載離恨之人」，皆自為文構思本不必過於膠著上著眼。蓋靈活用字，出入虛實，予人寬廣之想像空間。若硬指「離恨」為虛，無法承載，不免過於拘泥，喪失文字中化虛為實的興味。蓋合乎經驗事實者，如柳永〈滿江紅〉：

幾許漁人飛短艇，盡載燈火歸村落。

漁艇「載燈火」為實景實寫，相當明確。而俞國寶〈風入松〉：

畫船載取春歸去，餘情寄、湖水湖煙。

張炎〈綺羅香〉：

甚荒溝、一片淒涼，載情不去載愁去。

其中「春」、「情」均為抽象概念的具象化，此即古典古詞常見的技巧。另以「鎖」動詞為例，晏幾道〈臨江仙〉：

夢後樓臺高鎖，酒醒簾幕低垂。

李清照〈鳳凰臺上憶吹簫〉：

念武陵人遠，煙鎖秦樓。

其中「樓臺高鎖」、「煙鎖秦樓」均屬實景描寫，而韓縝〈鳳簫吟〉：

鎖離愁，連綿無際，來時陌上初熏。

吳文英〈惜黃花慢〉：

暮愁鎖，殘柳眉梢。

則「鎖離愁」、「暮愁鎖」皆為內心情緒之具象化用法。以動詞「掩」展開的情境為例，史達祖〈綺羅香〉：

記當日，門掩梨花，翦燈深夜語。

徐伸〈二郎神〉：

雁足不來，馬蹄難住，門掩一庭芳景。

均以「門」為主詞，具象之「梨花」、「芳景」為受詞。歐陽修〈蝶戀花〉：

雨橫風狂三月暮，門掩黃昏，無計留春住。

以抽象「黃昏」為受詞，則屬具象化之運用，使文思靈動活潑。

由此觀之，一些抽象字眼，均可從具象化的角度加以運用。以「住」為動詞，如張愛玲〈私語〉(《流言》)：

　現在我寄住在舊夢裏，在舊夢裏做著新夢。

簡媜〈卻忘所來徑〉(《只緣身在此山中》)：

從此，他是修梵行，擔負如來救世家業的僧者，不是那夜與我面對面的凡家姊妹；他是住於戒、定、慧的禪者，不與我們同住於色聲香味觸法的五欲六塵裏。

敻虹〈哀南忘〉(《紅珊瑚》)：

　你不住這
　陽光、杜鵑花、建築物
　的世界
　住在母親不捨的心裏

月曲了〈天色已靜〉(《創世紀》第六十七期)結尾：

　你也要留下
　走入她的眼睛
　住在回憶裏
　永不再出來

分別以「舊夢」、「戒、定、慧」、「五欲六塵」、「心」(即意識)、「回憶」為可以寄住的對象。以「沿」為動詞，張曉風〈魂夢三則〉（《曉風吹起》）：

如果，那夜的我沿著夢一直游，一直游，會不會竟而忘返呢？

楊牧〈中秋夜〉（《有人》）：

一個遠戍的兵
正沿他鄉愁
獨上城樓

分別以「夢」如具象流水，可以泳游；以「鄉愁」為具象石階，可以依據踩踏。以「載」為動詞，現代詩文有王定國〈春望〉（《細雨菊花天》）：

坐在鄉望的石階上，可以看見海鷗在水上的天空輕俏地往還，也可以看見馬祖百姓的漁舟載著暮色匆匆歸來。

羅青〈愛情煙幕〉（《水稻之歌》）：

因為你老是負載著
過多過重的鄉愁
那些深深埋藏如礦的鄉愁
堅硬危險且易燃

以「暮色」、「鄉愁」為承載對象。

及至今日，李清照「載不動許多愁」已為名句，現代詩文或直接援引❻，進而略加轉化。如琦君〈風箏〉（《煙愁》）：

在故鄉的一個清明節，我陪他在田間散步，他忽然豪興發了，買了個蜻蜓大風箏來放，誰知怎麼也放不上去。他笑了笑說：「大概是年齡大了，風箏也載不動我們沉重的心事了。」

易「舟」為「風箏」，「愁」為「心事」。董橋〈新的燈影〉（《跟中國的夢賽跑》）：

脫稿的時候，腦中兩岸政局的陰影揮之不去，我竟格外懷念臺北那位忠誠的少將。這些都是我這一代的事：政治的圍牆隔絕了歷史的燈影，而知識的扁舟又載不動太多的倫理包袱。在這樣的扞格之下，價值判斷似乎都沒有什麼太大意義了。

易「舟」為「知識的扁舟」，「愁」為「倫理包袱」。至於淡瑩〈楚霸王〉（《創世紀》第三十三期）第八小節中：

烏江悠悠
東渡
無船載得動昨日的霸氣

---

❻ 如思果〈別離〉齊邦媛編《中國現代文學選集》，爾雅）：「這條船雖有將近三萬噸，我卻擔心它『載不動許多愁』即是。

身後

天兵的旌旗捲起風跟雲

易「愁」為「霸氣」。其中「無船載得動昨日的霸氣」刻畫項羽寧為玉碎不為瓦全的氣概。悲劇英雄終有他屹立不搖的虎虎雄姿。而古典詩詞與現代文學的承遞蛻變，正可由此修辭技巧，窺其一二。

驚濤裂岸，捲起千堆雪

——鍊 字(二)

蘇軾〈念奴嬌・赤壁懷古〉，歷來佳評如潮。其中「驚濤裂岸，捲起千堆雪」二句，捕捉大自然雄偉的律動，塑景造境，遒勁有力。至於〈後赤壁賦〉中：「江流有聲，斷岸千尺。」蘇軾則另外描繪出江邊靜態景緻，可謂一動一靜，各具姿態。而本文則自「驚濤裂岸，捲起千堆雪」中，探其修辭技巧。

向來以「驚」字和自然景物構成複詞的，有「驚風」❶、「驚砂」❷、「驚瀾」❸等。至於「驚濤」一詞，孟浩然〈與顏錢塘登樟亭望潮作〉：

驚濤來似雪，一坐凜生寒。

其中「驚濤來似雪」此句，和東坡「捲起千堆雪」之比喻相同，最耐人尋味。

關於描摹浪濤捲衝岸邊情景，歷來均注重動詞之擇用。如孟浩然〈臨洞庭上張丞相〉：

---

❶ 曹植〈箜篌引〉：「驚風飄白日，光景馳西流。」

❷ 鮑照〈蕪城賦〉：「孤蓬自振，驚砂坐飛。」

❸ 韓愈〈上襄于相公書〉：「及至臨太山之懸崖，窺巨流之驚瀾。」

氣蒸雲夢澤，波撼岳陽城。

范仲淹〈岳陽樓記〉：

陰風怒號，濁浪排空。

劉禹錫〈石頭城〉：

山圍故國周遭在，潮打空城寂寞回。

劉禹錫〈竹枝四首〉之一：

山桃紅花滿上頭，蜀江春水拍山流。

分別以「撼」、「排」、「打」、「拍」形成律動。蘇軾〈虔州八境圖八首〉之一：

濤頭寂寞打城還，章貢臺前暮靄寒。

亦以「打」塑造情境。然進而以動詞「裂」和「岸」構詞者，相當罕見（一般常見有「裂帛」、「裂地」等）。於此，蘇軾自鑄新詞，「驚濤裂岸」四字，表現出浪濤撞擊之澎湃氣勢。其中「裂」（入聲字）、與下句「捲起千堆雪」的「雪」（入聲字），同屬入聲「屑」韻，二字前後呼應，音節特顯鏗鏘頓挫。又「驚濤裂岸」四字，有一版本作「驚濤拍岸」。若自音義之效果而言，仍以「裂岸」二字較為驚挺突出。

若夫以雪取喻，或用以喻沙之白（李益〈夜上受降城聞笛〉：「迴樂峰前沙似雪，受降城外月如霜。」）、衣之白（辛棄疾〈賀新郎〉：「易水蕭蕭西風冷，滿座衣冠似雪，正壯士悲歌未徹。」）、鬢之白（蘇軾〈陪歐陽公燕西湖〉：「謂公方壯鬢似雪，謂公已老光浮頰。」）、髮之白（李白〈將進酒〉：「君不見高堂明鏡悲白髮，朝如青絲暮成雪。」）、花之白（范成大〈憶秦娥〉：「東廂月，一天風露，杏花如雪。」）等，尤其在描花之白，可以直接省略喻詞。蘇軾〈東欄梨花〉：

梨花淡白柳深青，柳絮飛時花滿城。惆悵東欄一株雪，人生看得幾清明？

以「一株雪」代指「梨花淡白」。范成大〈霜天曉角〉：

脈脈花疎天淡，雲來去，數枝雪。

「數枝雪」亦指花之淡白。由此觀之，「捲起千堆雪」係省去喻詞，代指浪濤之白❹。且蘇軾平日構詞，即有「雪浪」之語（如〈遇鄭廣文〉：「夜聞沙岸鳴甕盎，曉看雪浪浮鵬鯤。」〈送孫勉〉：「白河翻雪浪，黃土如蒸麪。」），並以「堆」形容浪濤之滾疊（如〈過淮三首贈景山兼寄子由〉：「今日風憐客，平時浪作堆。」），可見東坡揉合營鑄之修辭傾向。

欣賞東坡「捲起千堆雪」此句，可採用換字方式，加以比較。如將之改作：「捲起千堆白」或「捲起千堆水」，固然音節吻合（均屬仄聲），但寫景過於單調、寫實，不如

❹ 鄭元祐〈寄金山普衲〉：「午夜江聲推月上，浪花如雪寺門前。」以雪喻浪。劉宰〈石翁姥〉：「采石江頭風晝息，掀天雪浪平如席。」亦有「雪浪」一語。

原先「捲起千堆雪」予人的形象美感。如同辛棄疾〈賀新郎〉：「易水蕭蕭西風冷，滿座衣冠似雪。」正用《史記・刺客列傳》典故：「太子及賓客知其事者，皆白衣冠以送之，至易水之上。」同樣，若將辛棄疾「滿座衣冠似雪」，改成「滿座衣冠淡白」，則亦喪失原先造句之鮮明趣味。而借喻技巧運用之重要，由此可見。

另外，就文法觀念分析蘇軾「驚濤裂岸，捲起千堆雪」二句。「驚濤」為主語，以「裂」、「捲」為動詞，以「岸」、「千堆雪」為受詞，二句直貫串下，神完氣足，確實醒人心目。唯以「千堆雪」為受詞，前有所承。孟郊〈有所思〉：

> 古鎮刀攢萬片霜，寒江浪起千堆雪。

以「捲」為動詞，柳永〈望海潮〉：

> 雲樹繞隄沙，怒濤捲霜雪，天塹無涯。

其中「怒濤捲霜雪」之寫景構句，正與蘇軾此名句相似。由是觀之，蘇軾此千古佳句，或參考孟浩然（「驚濤來似雪」）、孟郊（「寒江浪起千堆雪」）、柳永（「怒濤捲霜雪」），並非全屬個人之創意修辭。而後，明清小品行文由此蛻變，如徐宏祖〈遊雁宕山日記〉：

> 遂別而下，復至龍湫，則積雨之後，怒濤傾注，變幻極勢，轟雷噴雪，大倍於昨。

以「噴雪」寫怒濤色澤。金聖歎〈不亦快哉〉其一：

> 水一時坌湧而上，譬如翻銀[5]滾雪。不亦快哉！

以「翻銀滾雪」描摹水噴湧形象，皆能翻新語感，別出心裁。

至於現代文學中，多有將此二句鎔裁轉化者。如洛夫新詩〈天涯之旅〉（《釀酒的石頭》）：

> 月落雙目
> 轟然激起血管中的驚濤
> 只是他已非當年的駭浪

用「驚濤」來描述血管中流動的鮮血，頗能勾勒出熱血奔騰的氣概。至於王鼎鈞散文〈水心〉（《左心房漩渦》）：

> 我從水成岩的皺摺裏，想見千百年驚濤拍岸。

此處自岩岸被海水沖成的痕跡中展開歷史的想像，「驚濤拍岸」四字，援用得相當生動。由以上二例觀之，可見古典詩詞中的佳句，正是從事現代文學工作者的最佳資源，唯運用之妙，則全看今人如何推陳出新，為現代文壇開出更燦爛的花朵❻。

---

❺ 明代于謙〈題畫〉：「須臾群峰失翠色，等閒平地生銀濤。」即有「銀濤」一語。

❻ 另可參蕭蕭〈偷龍轉鳳〉（《現代詩創作演練》，一九九一，爾雅）、張春榮〈現代散文的鍊字〉（《修辭萬花筒》，駱駝，一九九六）、王昌煥〈語不驚人死不休——談散文的鍊字〉。

現代小說　楊昌年／著

著者系統地提供有關現代小說的理論說明、題材分類擷取的原則與示例、創作藝術講求的分項示例。具體指出創作指導途徑，自極短篇、意識流、小說體散文到短篇創作，提供七種創作手法，分別說明創作要領並示例析介。是有志於小說研究、創作者不可或缺的參考書籍。

李杜詩選　郁賢皓、封　野／編著

李白與杜甫是中國古代詩歌史上最璀璨的兩顆明星，兩人同處於盛唐時代，又有深厚情誼，他們以各自特有的稟賦與成就，將中國詩歌藝術推上了頂峰。本書精選李杜詩各七十五首，多為代表性的作品，力求各體兼備，並顧及各個時期，期使讀者能從中領略李杜詩歌的精髓。